Las crónicas *de* Narnia

C. S. LEWIS

—⊶⊷—

El león, la bruja y el ropero

ILUSTRADO POR PAULINE BAYNES

HarperTrophy®
An Imprint of HarperCollins*Publishers*

rayo

Rayo is an imprint of HarperCollins Publishers.
HarperTrophy® is a registered trademark of HarperCollins Publishers Inc.

NARNIA®

El león, la bruja y el ropero
Copyright © 1950 by C.S. Lewis Pte. Ltd.
Copyright renewed 1978 by C.S. Lewis Pte. Ltd.
Interior art by Pauline Baynes; copyright © 1950 by C.S. Lewis Pte. Ltd.
Translation © 2000 by Editorial Andrés Bello
Translation by Margarita Valdés E. and Editorial Andrés Bello
Revised translation by Teresa Mlawer
Revised translation copyright © 2002 by HarperCollins Publishers.

Library of Congress Cataloging-in-Publication Data
Lewis, C. S. (Clive Staples), 1898–1963.
  [Lion, the witch, and the wardrobe. Spanish]
  El leon, la bruja, y el ropero / C.S. Lewis ; [translation by Margarita Valdés E.
and Editorial Andrés Bello].
    p. cm. — (Las crónicas de Narnia ; libro 1)
  Summary: Four English schoolchildren find their way through the back of
a wardrobe into the magic land of Narnia and assist Aslan, the golden lion, to
triumph over the White Witch, who has cursed the land with eternal winter.
  ISBN 0-06-008661-0
  [1. Fantasy. 2. Spanish language materials.] I. Title.
PZ73.L487 2002   2001051738
  [Fic]—dc21   CIP
                                                                     AC

❖

15 OPM 20
First Harper Trophy Edition, 2002
Visit us on the World Wide Web!
www.harperchildrens.com

A LUCÍA BARFIELD

Querida Lucía,
Escribí esta historia para ti, sin darme cuenta de que las niñas crecen más rápido que los libros. El resultado es que ya estás demasiado grande para cuentos de hadas, y cuando éste se imprima serás mayor aún. Sin embargo, algún día llegarás a la edad en que nuevamente gozarás de los cuentos de hadas. Entonces podrás sacarlo de la repisa más alta, desempolvarlo y darme tu opinión sobre él. Probablemente, yo estaré demasiado sordo para escucharte y demasiado viejo para comprender lo que dices. Pero aún seré tu padrino que te quiere mucho.

C. S. LEWIS

ÍNDICE

El león, la bruja
y el ropero

CAPÍTULO 1

LUCÍA INVESTIGA EN EL ROPERO

HABÍA UNA VEZ CUATRO NIÑOS CUYOS nombres eran Pedro, Susana, Edmundo y Lucía. Esta historia relata lo que les sucedió cuando, durante la guerra y a causa de los bombardeos, fueron enviados lejos de Londres a la casa de un viejo profesor. Éste vivía en medio del campo, a diez millas de la estación más cercana y a dos millas del correo más próximo. El profesor no era casado, así es que un ama de llaves, la señora Macready, y tres sirvientas atendían su casa. (Las sirvientas se llamaban Ivy, Margarita y Betty, pero ellas no intervienen mucho en esta historia.)

El anciano profesor tenía un aspecto curioso, pues su cabello blanco no sólo le cubría la cabeza sino también casi toda la cara. Los niños simpatizaron con él al instante, a pesar de que Lucía, la menor, sintió miedo al verlo por primera vez, y Edmundo, algo mayor que ella, escondió su risa tras un pañuelo y simuló sonarse sin interrupción.

Después de ese primer día y en cuanto dieron las buenas noches al profesor, los niños subieron a sus habitaciones en el segundo piso y se reunieron en el dormitorio de las niñas para comentar todo lo ocurrido.

—Hemos tenido una suerte fantástica —dijo Pedro—. Lo pasaremos muy bien aquí. El viejo profesor es una buena persona y nos permitirá hacer todo lo que queramos.

—Es un anciano encantador —dijo Susana.

—¡Cállate! —exclamó Edmundo. Estaba cansado, aunque fingía no estarlo, y esto lo ponía siempre de un humor insoportable—. ¡No sigas hablando de esa manera!

—¿De qué manera? —preguntó Susana—. Además ya es hora de que estés en la cama.

—Tratas de hablar como mamá —dijo Edmundo—. ¿Quién eres para venir a decirme cuándo tengo que ir a la cama? ¡Eres tú quien debe irse a acostar!

—Mejor será que todos vayamos a dormir —interrumpió Lucía—. Si nos encuentran conversando aquí, habrá un tremendo lío.

—No lo habrá —repuso Pedro, con tono seguro—. Éste es el tipo de casa en la que a nadie le preocupará lo que nosotros hagamos. En todo caso, ninguna persona nos va a oír. Estamos como a diez minutos del comedor y hay numerosos pasillos, escaleras y rincones entremedio.

—¿Qué es ese ruido? —dijo Lucía de repente.

Ésta era la casa más grande que ella había conocido en su vida. Pensó en todos esos pasillos, escaleras y rincones, y sintió que algo parecido a un escalofrío la recorría de pies a cabeza.

—No es más que un pájaro, tonta —dijo Edmundo.

—Es una lechuza —agregó Pedro—. Éste debe ser un lugar maravilloso para los pájaros... Bien, creo que ahora es mejor que todos vayamos a la cama, pero mañana exploraremos. En un sitio como éste se puede encontrar cualquier cosa. ¿Vieron las montañas cuando veníamos? ¿Y los bosques? Puede ser que haya águilas, venados... Seguramente habrá halcones...

—Y tejones —dijo Lucía.

—Y zorros —dijo Edmundo.

—Y conejos —agregó Susana.

Pero a la mañana siguiente caía una cortina de lluvia tan espesa que, al mirar por la ventana, no se veían las montañas ni los bosques; ni siquiera la acequia del jardín.

—¡Tenía que llover! —exclamó Edmundo.

Los niños habían tomado el desayuno con el profesor, y en ese momento se encontraban en una sala del segundo piso que el anciano había destinado para ellos. Era una larga habitación de techo bajo, con dos ventanas hacia un lado y dos hacia el otro.

—Deja de quejarte, Ed —dijo Susana—. Te apuesto diez a uno a que aclara en menos de una hora. Por lo demás, estamos bastante cómodos y tenemos un montón de libros.

—Por mi parte, yo me voy a explorar la casa —dijo Pedro.

La idea les pareció excelente y así fue como comenzaron las aventuras. La casa era uno de aquellos edificios llenos de lugares inesperados, que nunca se conocen por completo. Las primeras habitaciones que recorrieron estaban totalmente vacías, tal como los niños esperaban. Pero pronto llegaron a una sala muy larga con las paredes repletas de cuadros, en la que encontraron una armadura. Después pasaron a otra completamente cubierta por un tapiz verde y en la que había un arpa arrinconada. Tres peldaños más abajo y cinco hacia arriba los llevaron hasta un pequeño zaguán. Desde ahí entraron en una serie de habitaciones que desembocaban unas en otras. Todas tenían estanterías repletas de libros, la mayoría muy antiguos y algunos tan grandes como la Biblia de una iglesia. Más adelante entraron en un cuarto casi vacío. Sólo había un gran ropero con espejos en las puertas. Allí no encontraron nada más, excepto una botella azul en la repisa de la ventana.

—¡Nada por aquí! —exclamó Pedro, y todos los niños se precipitaron hacia la puerta para continuar la excursión. Todos menos Lucía, que se quedó atrás. ¿Qué habría dentro del armario? Valía la pena averiguarlo, aunque, seguramente, estaría cerrado con llave. Para su sorpresa, la puerta se abrió sin dificultad. Dos bolitas de naftalina rodaron por el suelo.

La niña miró hacia el interior. Había numerosos abrigos colgados, la mayoría de piel. Nada le gustaba tanto a Lucía como el tacto y el olor de las pieles. Se introdujo en el enorme ropero y caminó entre los abrigos, mientras frotaba su rostro contra ellos. Había dejado la puerta abierta, por supuesto, pues comprendía que sería una verdadera locura encerrarse en el armario. Avanzó algo más y descubrió una segunda hilera de abrigos. Estaba bastante oscuro ahí adentro, así es que mantuvo los brazos estirados para no chocar con el fondo del ropero. Dio un paso más, luego otros dos, tres... Esperaba siempre tocar la madera del ropero con la punta de los dedos, pero no llegaba nunca hasta el fondo.

—¡Éste debe de ser un guardarropa gigantesco! —murmuró Lucía, mientras caminaba más y más adentro y empujaba los pliegues de los abrigos para abrirse paso. De pronto sintió que algo crujía bajo sus pies.

"¿Habrá más naftalina?", se preguntó.

Se inclinó para tocar el suelo. Pero en lugar de sentir el contacto firme y liso de la madera, tocó algo suave, pulverizado y extremadamente frío. "Esto sí que es raro", pensó y dio otros dos pasos hacia adelante.

Un instante después advirtió que lo que rozaba su cara ya no era suave como la piel sino duro, áspero e, incluso, hincaba.

—¿Cómo? ¡Parecen ramas de árboles! —exclamó.

Entonces vio una luz frente a ella; no estaba cerca del lugar donde tendría que haber estado el fondo del ropero, sino muchísimo más lejos. Algo frío y suave caía sobre la niña. Un momento después se dio cuenta de que se encontraba en medio de un bosque; además era de noche, había nieve bajo sus pies y gruesos copos caían a través del aire.

Lucía se asustó un poco, pero a la vez se sintió llena de curiosidad y de excitación. Miró hacia atrás y entre la oscuridad de los troncos de los árboles pudo distinguir la puerta abierta del ropero e incluso la habitación vacía desde donde había salido. (Por supuesto, ella había dejado la puerta abierta, pues pensaba que era la más grande de las tonterías encerrarse uno mismo en un guardarropa.) Parecía que allá era de día. "Puedo volver cuando quiera, si algo sale mal", pensó, tratando de tranquilizarse. Comenzó a caminar —*cranch-cranch*— sobre la nieve y a través del bosque, hacia la otra luz, delante de ella.

Cerca de diez minutos más tarde, Lucía llegó hasta un farol. Se preguntaba qué significado

podría tener éste en medio de un bosque, cuando escuchó unos pasos que se acercaban. Segundos después, una persona muy extraña salió de entre los árboles y se aproximó a la luz.

Era un poco más alta que Lucía. Sobre su cabeza llevaba un paraguas todo blanco de nieve. De la cintura hacia arriba tenía el aspecto de un hombre, pero sus piernas, cubiertas de pelo negro y brillante, parecían las extremidades de un cabro. En lugar de pies tenía pezuñas.

En un comienzo, la niña no advirtió que también tenía cola, pues la llevaba enrollada en el brazo que sostenía el paraguas para evitar que se arrastrara por la nieve. Una bufanda roja le cubría el cuello y su piel era también rojiza. El rostro era pequeño y extraño pero agradable; tenía una barba rizada y un par de cuernos a los lados de la frente. Mientras en una mano llevaba el paraguas, en la otra sostenía varios paquetes con papel de color café. Éstos y la nieve hacían recordar las compras de Navidad. Era un fauno. Y cuando vio a Lucía, su sorpresa fue tan grande que todos los paquetes rodaron por el suelo.

—¡Cielos! —exclamó el Fauno.

CAPÍTULO 2

LO QUE LUCÍA ENCONTRÓ ALLÍ

–BUENAS TARDES –SALUDÓ LUCÍA. PERO el Fauno estaba tan ocupado recogiendo los paquetes que no contestó. Cuando hubo terminado le hizo una pequeña reverencia.

–Buenas tardes, buenas tardes –dijo. Y agregó después de un instante–: Perdóname, no quisiera parecer impertinente, pero ¿eres tú lo que llaman una Hija de Eva?

–Me llamo Lucía –respondió ella, sin entenderle muy bien.

–Pero ¿tú eres lo que llaman una niña?

–¡Por supuesto que soy una niña! –exclamó Lucía.

–¿Verdaderamente eres humana?

–¡Claro que soy humana! –respondió Lucía, todavía un poco confundida.

–Seguro, seguro –dijo el Fauno–. ¡Qué tonto soy! Pero nunca había visto a un Hijo de Adán ni a una Hija de Eva. Estoy encantado.

Se detuvo como si hubiera estado a punto de decir algo y recordar a tiempo que no debía hacerlo.

—Encantado, encantado —repitió luego—. Permíteme que me presente. Mi nombre es Tumnus.

—Encantada de conocerle, señor Tumnus —dijo Lucía.

—Y se puede saber, ¡oh, Lucía, Hija de Eva!, ¿cómo llegaste a Narnia? —preguntó el señor Tumnus.

—¿Narnia? ¿Qué es eso?

—Ésta es la tierra de Narnia —dijo el Fauno—, donde estamos ahora. Todo lo que se encuentra entre el farol y el gran castillo de Cair Paravel en el mar del este. Y tú, ¿vienes de los bosques salvajes del oeste?

—Yo llegué..., llegué a través del ropero que está en el cuarto vacío —respondió Lucía, vacilando.

—¡Ah! —dijo el señor Tumnus con voz melancólica—, si hubiera estudiado geografía con más empeño cuando era un pequeño fauno, sin duda sabría todo acerca de esos extraños países. Ahora es demasiado tarde.

—¡Pero si ésos no son países! —dijo Lucía casi riendo—. El ropero está ahí, un poco más atrás..., creo... No estoy segura. Es verano allí ahora.

—Ahora es invierno en Narnia; es invierno

siempre, desde hace mucho... Pero si seguimos conversando en la nieve nos vamos a resfriar los dos. Hija de Eva, de la lejana tierra del Cuarto Vacío, donde el eterno verano reina alrededor de la luminosa ciudad del Ropero, ¿te gustaría venir a tomar el té conmigo?

—Gracias, señor Tumnus, pero pienso que quizás ya es hora de regresar.

—Es a la vuelta de la esquina, nomás. Habrá un buen fuego, tostadas, sardinas y torta —insistió el Fauno.

—Es muy amable de su parte —dijo Lucía—. Pero no podré quedarme mucho rato.

—Agárrate de mi brazo, Hija de Eva —dijo el señor Tumnus—. Llevaré el paraguas para los dos. Por aquí, vamos.

Así fue como Lucía se encontró caminando por el bosque del brazo de esta extraña criatura, igual que si se hubieran conocido durante toda la vida.

No habían ido muy lejos aún, cuando llegaron a un lugar donde el suelo se tornó áspero y rocoso. Hacia arriba y hacia abajo de las colinas había piedras. Al pie de un pequeño valle el señor Tumnus se volvió de repente y caminó derecho hacia una roca gigantesca. Sólo en el momento en que estuvieron muy cerca de ella, Lucía descubrió que él la conducía a la entrada de una cueva. En cuanto se encontraron en el interior, la niña se vio inundada por la luz del fuego. El señor Tumnus cogió una brasa con un par de tenazas y encendió una lámpara.

—Ahora falta poco —dijo, e inmediatamente puso la tetera a calentar.

Lucía pensaba que no había estado nunca en un lugar más acogedor. Era una pequeña, limpia y seca cueva de piedra roja con una alfombra en el suelo, dos sillas ("una para mí y otra para un amigo", dijo el señor Tumnus), una mesa, una cómoda, una repisa sobre la chimenea, y más arriba, dominándolo todo, el retrato de un viejo fauno con barba gris. En un rincón había una puerta; Lucía supuso que comunicaba con el dormitorio del señor Tumnus. En una de las paredes se apoyaba un estante repleto de libros. La niña miraba todo mientras él preparaba la mesa para el té. Algunos de los títulos eran *La vida y las cartas de Sileno, Las ninfas y sus costumbres, Hombres, monjes y deportistas, Estudio de la leyenda popular, ¿Es el hombre un mito?,* y muchos más.

—Hija de Eva —dijo el Fauno—, ya está todo preparado.

Y realmente fue un té maravilloso. Hubo un rico huevo dorado para cada uno, sardinas en pan tostado, tostadas con mantequilla y con miel, y una torta espolvoreada con azúcar. Cuando Lucía se cansó de comer, el Fauno comenzó a hablar. Sus relatos sobre la vida en el bosque eran fantásticos. Le contó acerca de bailes en la medianoche, cuando las ninfas que vivían en las vertientes y las dríades que habitaban en los árboles salían a danzar con los faunos; de las largas partidas de cacería tras el Venado Blanco, en las cuales se

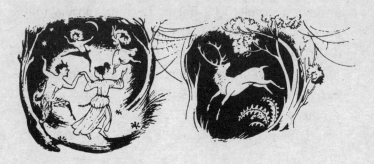

cumplían los deseos del que lo capturaba; sobre las celebraciones y la búsqueda de tesoros con los enanos rojos salvajes, en minas y cavernas muy por debajo del suelo. Por último, le habló también de los veranos, cuando los bosques eran verdes y el viejo Sileno los visitaba en su gordo burro. A veces llegaba a verlos el propio Baco y entonces por los ríos corría vino en lugar de agua y el bosque se transformaba en una fiesta que se prolongaba por semanas sin fin.

—Ahora es siempre invierno —agregó taciturno.

Entonces para alegrarse tomó un estuche que estaba sobre la cómoda, sacó de él una extraña flauta que parecía hecha de paja y empezó a tocar.

Al escuchar la melodía, Lucía sintió ansias de llorar, reír, bailar y dormir, todo al mismo tiempo. Debían haber transcurrido varias horas cuando despertó bruscamente, y dijo:

—Señor Tumnus, siento interrumpirlo, pero tengo que irme a casa. Sólo quería quedarme unos minutos...

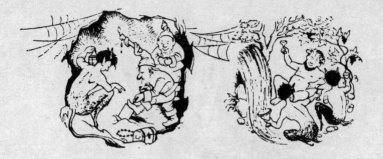

—No es bueno *ahora*, tú sabes —le dijo el Fauno,
dejando la flauta. Parecía acongojado por ella.

—¿Que no es bueno? —dijo ella, dando un salto.
Asustada e inquieta agregó—: ¿Qué quiere decir?
Tengo que volver a casa al instante. Ya deben de
estar preocupados.

Un momento después, al ver que los ojos del
Fauno estaban llenos de lágrimas, volvió a preguntar:

—¡Señor Tumnus! ¿Cuál es realmente el problema?

El Fauno continuó llorando. Las lágrimas
comenzaron a deslizarse por sus mejillas y pronto
corrieron por la punta de su nariz. Finalmente se
cubrió el rostro con las manos y comenzó a so-
llozar.

—¡Señor Tumnus! ¡Señor Tumnus! —exclamó
Lucía con desesperación—. ¡No llore así! ¿Qué es lo
que pasa? ¿No se siente bien? Querido señor
Tumnus, cuénteme qué es lo que está mal.

Pero el Fauno continuó estremeciéndose como

si tuviera el corazón destrozado. Aunque Lucía lo abrazó y le prestó su pañuelo, no pudo detenerse. Solamente tomó el pañuelo y lo usó para secar sus lágrimas que continuaban cayendo sin interrupción. Y cuando estaba demasiado mojado, lo estrujaba con sus dos manos. Tanto lo estrujó, que pronto Lucía estuvo de pie en un suelo completamente húmedo.

—¡Señor Tumnus! —gritó Lucía en su oído, al mismo tiempo que lo sacudía—. No llore más, por favor. Pare inmediatamente de llorar. Debería avergonzarse. Un fauno mayor, como usted. Pero dígame, ¿por qué llora usted?

—¡Oh!, ¡oh!, ¡oh! —sollozó—, lloro porque soy un fauno malvado.

—Yo no creo eso. De ninguna manera —dijo

Lucía–. De hecho, usted es el fauno más encantador que he conocido.

–¡Oh! No dirías eso si tú supieras –replicó el señor Tumnus entre suspiros–. Soy un fauno malo. No creo que nunca haya habido uno peor que yo desde que el mundo es mundo.

–Pero, ¿qué es lo que ha hecho? –preguntó Lucía.

–Mi viejo padre –dijo el Fauno– jamás hubiera hecho una cosa semejante. ¿Lo ves? Su retrato está sobre la chimenea.

–¿Qué es lo que no hubiera hecho su padre?

–Lo que yo he hecho –respondió el Fauno–. Servir a la Bruja Blanca. Eso es lo que yo soy. Un sirviente pagado por la Bruja Blanca.

–¿La Bruja Blanca? ¿Quién es?

–¡Ah! Ella es quien tiene a Narnia completamente en sus manos. Ella es quien mantiene el invierno para siempre. Siempre invierno y nunca Navidad. ¿Te imaginas lo que es eso?

–¡Qué terrible! –dijo Lucía–. Pero ¿qué trabajo hace usted para que ella le pague?

–Eso es lo peor. Soy yo el que rapta para ella. Eso es lo que soy: un raptor. Mírame, Hija de Eva. ¿Crees que soy la clase de Fauno que cuando se encuentra con un pobre niño inocente en el bosque, se hace su amigo y lo invita a su casa en la cueva, sólo para dormirlo con música y entregarlo luego a la Bruja Blanca?

—No —dijo Lucía—. Estoy segura de que usted no haría nada semejante.

—Pero lo he hecho —dijo el Fauno.

—Bien —continuó Lucía, lentamente (porque quería ser muy franca, pero, a la vez, no deseaba ser demasiado dura con él)—, eso es muy malo, pero usted está tan arrepentido que estoy segura de que no lo hará de nuevo.

—¡Hija de Eva! ¿Es que no entiendes? —exclamó el Fauno—. No es algo que yo haya hecho. Es algo que estoy haciendo en este preciso instante.

—¿Qué quiere decir? —preguntó Lucía, poniéndose blanca como la nieve.

—Tú eres el niño —dijo el señor Tumnus—. La Bruja Blanca me había ordenado que si alguna vez encontraba a un Hijo de Adán o a una Hija de Eva en el bosque, tenía que aprehenderlo y llevárselo. Tú eres la primera que yo he conocido. Fingí ser tu amigo, te invité a tomar el té y he esperado todo el tiempo que estuvieras dormida para llevarte hasta ella.

—¡Ah, no! Usted no lo hará, señor Tumnus —dijo Lucía—. Realmente usted no lo hará. De verdad, no debe hacerlo.

—Y si yo no lo hago —dijo él, comenzando a llorar de nuevo—, ella lo sabrá. Y me cortará la cola, me arrancará los cuernos y la barba. Agitará su vara sobre mis lindas pezuñas divididas por la mitad y las transformará en horribles y sólidas, como las de un desdichado caballo. Pero si ella se enfurece más aún, me convertirá en piedra y seré sólo una estatua de Fauno en su horrible casa, y allí me quedaré hasta que los cuatro tronos de Cair Paravel sean ocupados. Y sólo Dios sabe cuándo sucederá eso o si alguna vez sucederá.

—Lo siento mucho, señor Tumnus —dijo Lucía—. Pero, por favor, déjeme ir a casa.

—Por supuesto que lo haré —dijo el Fauno—. Tengo que hacerlo. Ahora me doy cuenta. No sabía cómo eran los humanos antes de conocerte a ti. No puedo entregarte a la Bruja Blanca; no ahora que te conozco. Pero tenemos que salir de inmediato. Te acompañaré hasta el farol. Espero que desde allí sabrás encontrar el camino al Cuarto Vacío y al Ropero.

—Estoy segura de que podré.

—Debemos irnos muy silenciosamente. Tan callados como podamos —dijo el señor Tumnus—. El bosque está lleno de *sus espías*. Incluso algunos árboles están de su parte.

Ambos se levantaron y, dejando las tazas y los platos en la mesa, salieron. El señor Tumnus abrió el paraguas una vez más, le dio el brazo a Lucía y comenzaron a caminar sobre la nieve. El regreso fue completamente diferente a lo que había sido la ida hacia la cueva del fauno. Sin decir una palabra se apresuraron todo lo que pudieron y el señor Tumnus se mantuvo siempre en los lugares más

oscuros. Lucía se sintió bastante reconfortada
cuando llegaron junto al farol.

—¿Sabes cuál es tu camino desde aquí, Hija de

Eva? —preguntó el Fauno.

Lucía concentró su mirada entre los árboles y
en la distancia pudo ver un espacio iluminado,
como si allá lejos fuera de día.

—Sí —dijo—. Alcanzo a ver la puerta del ropero.

—Entonces corre hacia tu casa tan rápido como
puedas —dijo el señor Tumnus—. ¿Podrás perdo-
narme alguna vez por lo que intenté hacer?

—Por supuesto —dijo Lucía, estrechando fuertemente sus manos—. Espero de todo corazón que
usted no tenga problemas por mi culpa.

—Adiós, Hija de Eva. ¿Sería posible, tal vez,
que yo guarde tu pañuelo como recuerdo?

—¡Está bien! —exclamó Lucía y echó a correr
hacia la luz del día, tan rápido como sus piernas

se lo permitieron. Esta vez, en lugar de sentir el roce de ásperas ramas en su rostro y la nieve crujiente bajo sus pies, palpó los tablones y de inmediato se encontró saltando fuera del ropero y en medio del mismo cuarto vacío en el que había comenzado toda la aventura. Cerró cuidadosamente la puerta del guardarropa y miró a su alrededor mientras recuperaba el aliento. Todavía llovía. Pudo escuchar las voces de los otros niños en el pasillo.

—¡Estoy aquí! —gritó—. ¡Estoy aquí! ¡He vuelto y estoy muy bien!

CAPÍTULO 3

EDMUNDO Y EL ROPERO

LUCÍA SALIÓ CORRIENDO DEL CUARTO vacío y en el pasillo se encontró con los otros tres niños.

—Todo está bien —repitió—. He vuelto.

—¿De qué hablas, Lucía? —preguntó Susana.

—¡Cómo! —exclamó Lucía asombrada—. ¿No estaban preocupados por mi ausencia? ¿No se han preguntado dónde estaba yo?

—Entonces, ¿estabas escondida? —dijo Pedro—. Pobre Lu, ¡se escondió y nadie se dio cuenta! Para otra vez vas a tener que desaparecer durante un rato más largo, si es que quieres que alguien te busque.

—Estuve afuera por horas y horas —dijo Lucía.

—Mal —dijo Edmundo, golpeándose la cabeza—. Muy mal.

—¿Qué quieres decir, Lucía? —preguntó Pedro.

—Lo que dije —contestó Lucía—. Fue precisamente después del desayuno, cuando entré en el ropero, y he estado afuera por horas y horas. Tomé té y me han sucedido toda clase de acontecimientos.

—No seas tonta, Lucía. Hemos salido de ese cuarto hace apenas un instante y tú estabas allí —replicó Susana.

—Ella no se está haciendo la tonta —dijo Pedro—. Está inventando una historia para divertirse, ¿no es verdad, Lucía?

—No, Pedro. No estoy inventando. El armario es mágico. Adentro hay un bosque, nieve, un fauno y una bruja. El lugar se llama Narnia. Vengan a ver.

Los demás no sabían qué pensar, pero Lucía estaba tan excitada que la siguieron hasta el cuarto sin decir una palabra. Corrió hacia el ropero y abrió la puerta de par en par.

—¡Ahora! —gritó—. ¡Entren y compruébenlo ustedes mismos!

—¡Cómo! ¡Eres una gansa! —dijo Susana, después de introducir la cabeza dentro del ropero y apartar los abrigos—. Éste es un ropero común y corriente. Miren, aquí está el fondo.

Todos miraron, movieron los abrigos y vieron —Lucía también— un armario igual a los demás. No había bosque ni nieve. Sólo el fondo del ropero y los colgadores. Pedro saltó dentro y golpeó sus puños contra la madera para asegurarse.

—¡Menuda broma la que nos has gastado, Lu!

—exclamó al salir—. Realmente nos sorprendiste, debo reconocerlo. Casi te creímos.

—No era broma. Era verdad —dijo Lucía—. Era verdad. Todo fue diferente hace un instante. Les prometo que era cierto.

—¡Vamos, Lu! —dijo Pedro—. ¡Ya, basta! Estás yendo un poco lejos con tu broma. ¿No te parece que es mejor terminar aquí?

Lucía se puso roja y trató de hablar, a pesar de que ya no sabía qué estaba tratando de decir. Estalló en llanto.

Durante los días siguientes se sintió muy desdichada. Podría haberse reconciliado fácilmente con los demás niños, en cualquier momento, si hubiera aceptado que todo había sido sólo una broma para pasar el tiempo. Sin embargo, Lucía decía siempre la verdad y sabía que estaba en lo cierto. No podía decir ahora una cosa por otra.

Los niños, que pensaban que ella había mentido tontamente, la hicieron sentirse muy infeliz. Los dos mayores, sin intención; pero Edmundo era muy rencoroso y en esta ocasión lo demostró. La molestó incansablemente; a cada momento le preguntaba si había encontrado otros países en los aparadores o en los otros armarios de la casa. Lo peor de todo era que esos días fueron muy entretenidos para los niños, pero no para Lucía. El tiempo estaba maravilloso; pasaban de la mañana a la noche fuera de la casa, se bañaban, pescaban, se subían a los árboles, descubrían nidos de pájaros y se tendían a la sombra. Lucía no pudo gozar de nada, y las cosas siguieron así hasta que llovió nuevamente.

Ese día, cuando llegó la tarde sin ninguna señal de cambio en el tiempo, decidieron jugar a las escondidas. A Susana le correspondió primero buscar a los demás. Tan pronto los niños se dispersaron para esconderse, Lucía corrió hasta el ropero, aunque no pretendía ocultarse allí. Sólo quería dar una mirada dentro de él. Estaba comenzando a dudar si Narnia, el Fauno y todo lo demás había sido un sueño. La casa era tan grande, complicada y llena de escondites, que pensó que tendría tiempo suficiente para dar una mirada en el interior del armario y buscar luego cualquier lugar para ocultarse en otra parte. Pero justo en el momento en que abría la puerta, sintió pasos en el corredor. No le quedó más remedio que saltar dentro del guardarropa y sujetar la puerta tras ella, sin cerrarla del todo, pues sabía que era muy tonto encerrarse en un armario, incluso si se trataba de un armario mágico.

Los pasos que Lucía había oído eran los de Edmundo. El niño entró en el cuarto en el momento preciso en que ella se introducía en el ropero. De inmediato decidió hacer lo mismo, no porque fuera un buen lugar para esconderse, sino porque podría seguir molestándola con su país imaginario. Abrió la puerta. Estaba oscuro, olía a naftalina, y allí estaban los abrigos colgados, pero no había un solo rastro de Lucía.

"Cree que es Susana la que viene a buscarla —se dijo Edmundo—; por eso se queda tan quieta".

Sin más, saltó adentro y cerró la puerta, olvidando que hacer eso era una verdadera locura. En la oscuridad empezó a buscar a Lucía y se sorprendió de no encontrarla de inmediato, como había pensado. Decidió abrir la puerta para que entrara un poco de luz. Pero tampoco pudo hallarla. Todo esto no le gustó nada y empezó a saltar nerviosamente hacia todos lados. Al fin gritó con desesperación:

—¡Lucía! ¡Lu! ¿Dónde te has metido? Sé que estás aquí.

No hubo respuesta. Edmundo advirtió que su propia voz tenía un curioso sonido. No había sido el que se espera dentro de un armario cerrado, sino un sonido al aire libre. También se dio cuenta de que el ambiente estaba extrañamente frío. Entonces vio una luz.

—¡Gracias a Dios! —exclamó—. La puerta se tiene que haber abierto por sí sola.

Se olvidó de Lucía y fue hacia la luz, convencido de que iba hacia la puerta del ropero. Pero en lugar de llegar al cuarto vacío, salió de un espeso y sombrío conjunto de abetos a un claro en medio del bosque.

Había nieve bajo sus pies y en las ramas de los árboles. En el horizonte, el cielo era pálido como el de una mañana despejada de invierno. Frente a él, entre los árboles, vio levantarse el sol muy rojo y claro. Todo estaba en silencio como si él fuera la única criatura viviente. No había ni siquiera un pájaro o una ardilla entre los árboles, y el bosque se extendía en todas direcciones, tan lejos como alcanzaba la vista. Edmundo tiritó.

En ese momento recordó que buscaba a Lucía. También se acordó de lo antipático que había sido con ella al molestarla con su "país imaginario". Ahora se daba cuenta de que en modo alguno era imaginario. Pensó que no podía estar muy lejos y llamó:

—¡Lucía! ¡Lucía! Estoy aquí también. Soy Edmundo.

No hubo respuesta.

—Está enojada por todo lo que le he dicho —murmuró.

A pesar de que no le gustaba admitir que se había equivocado, menos aún le gustaba estar solo y con tanto frío en ese silencioso lugar.

—¡Lu! ¡Perdóname por no haberte creído! ¡Ahora veo que tenías razón! ¡Ven, hagamos las paces! —gritó de nuevo.

Tampoco hubo respuesta esta vez.

"Exactamente como una niña —se dijo—. Estará enfurruñada por ahí y no aceptará una disculpa".

Miró a su alrededor: ese lugar no le gustaba nada. Decidió volver a la casa cuando, en la distancia, oyó un ruido de campanas. Escuchó atentamente y el sonido se hizo más y más cercano. Al fin, a plena luz, apareció un trineo arrastrado por dos renos.

El tamaño de los renos era como el de los *ponies* de Shetland, y su piel era tan blanca que a su lado la nieve se veía casi oscura. Sus cuernos ramificados eran dorados y resplandecían al sol. Sus arneses de cuero rojo estaban cubiertos de campanillas. El trineo era conducido por un enano gordo que, de pie, no tendría más de tres pies de altura. Estaba envuelto en una piel de oso polar, y en la cabeza llevaba un capuchón rojo con un largo pompón dorado en la punta; su enorme barba le cubría las rodillas y le servía de alfombra. Detrás de él, en un alto asiento en el centro del trineo, se hallaba una persona muy diferente: era una señora inmensa, más grande que todas las mujeres que Edmundo conocía. También estaba envuelta hasta el cuello en una piel blanca. En su mano derecha sostenía una vara dorada y llevaba una corona sobre su cabeza. Su rostro era blanco, no pálido, sino blanco como el papel, la nieve o el azúcar. Sólo su boca era muy roja. A pesar de todo, su cara era bella, pero orgullosa, fría y severa.

Mientras se acercaba a Edmundo, el trineo presentaba una magnífica visión con el sonido de las campanillas, el látigo del enano que restallaba en el aire y la nieve que parecía volar a ambos lados del carruaje.

—¡Detente! —exclamó la Dama, y el enano tiró tan fuerte de las riendas que por poco los renos caen sentados. Se recobraron y se detuvieron mordiendo los frenos y resoplando. En el aire helado, la respiración que salía de sus hocicos se veía como si fuera humo.

—¡Por Dios! ¿Qué eres tú? —preguntó la Dama
a Edmundo.

—Soy... soy..., mi nombre es Edmundo —dijo el
niño con timidez.

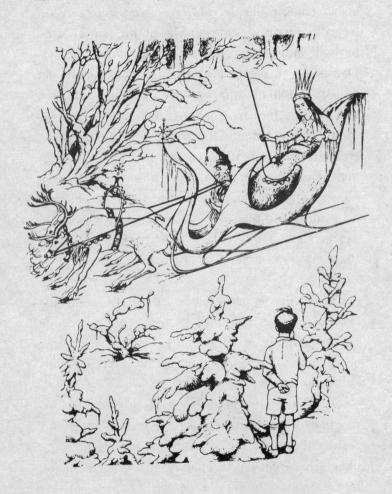

La Dama puso mala cara.

—¿Así te diriges a una reina? —preguntó con gran severidad.

—Le ruego que me perdone, su Majestad. Yo no sabía...

—¿No conoces a la Reina de Narnia? —gritó ella—. ¡Ah! ¡Nos conocerás mejor de ahora en adelante! Pero..., te repito, ¿qué eres tú?

—Por favor, su Majestad —dijo Edmundo—, no sé qué quiere decir usted. Yo estoy en el colegio..., por lo menos, estaba... Ahora estoy de vacaciones.

CAPÍTULO 4

DELICIAS TURCAS

–PERO, ¿QUÉ ERES TÚ? –PREGUNTÓ LA Reina otra vez–. ¿Eres un enano superdesarrollado que se cortó la barba?

–No, su Majestad. Nunca he tenido barba. Soy un niño –dijo Edmundo, sin salir de su asombro.

–¡Un niño! –exclamó ella–. ¿Quieres decir que eres un Hijo de Adán?

Edmundo se quedó inmóvil sin pronunciar palabra. Realmente estaba demasiado confundido como para entender el significado de la pregunta.

–Veo que eres idiota, además de ser lo que seas –dijo la Reina–. Contéstame de una vez por todas, pues estoy a punto de perder la paciencia. ¿Eres un ser humano?

–Sí, Majestad –dijo Edmundo.

–¿Se puede saber cómo entraste en mis dominios?

–Vine a través de un ropero, su Majestad.

–¿Un ropero? ¿Qué quieres decir con eso?

—Abrí la puerta y... me encontré aquí, su Majestad —explicó Edmundo.

—¡Ah! —dijo la Reina más para sí misma que para él—. Una puerta. ¡Una puerta del mundo de los hombres! Había oído cosas semejantes. Eso puede arruinarlo todo. Pero es uno solo y parece muy fácil de manipular...

Mientras murmuraba estas palabras, se levantó de su asiento y con ojos llameantes miró fijamente a la cara de Edmundo. Al mismo tiempo levantó su vara.

Edmundo tuvo la seguridad de que ella iba a hacer algo espantoso, pero no fue capaz de moverse. Entonces, cuando él ya se daba por perdido, ella pareció cambiar sus intenciones.

—Mi pobre niño —le dijo con una voz muy diferente—. ¡Cuán helado pareces! Ven a sentarte en el trineo a mi lado y te cubriré con mi manto. Entonces podremos conversar.

Esta solución no le gustó nada a Edmundo. Sin embargo, no se hubiera atrevido jamás a desobedecerle. Subió al trineo y se sentó a los pies de la Reina. Ella desplegó su piel alrededor del niño y lo envolvió bien.

—¿Te gustaría tomar algo caliente? —le preguntó.

—Sí, por favor, su Majestad —dijo Edmundo, cuyos dientes castañeteaban.

La Reina sacó de entre los pliegues de su

manto una pequeñísima botella que parecía de cobre. Entonces estiró el brazo y dejó caer una gota de su contenido sobre la nieve, junto al trineo. Por un instante, Edmundo vio que la gota resplandecía en el aire como un diamante. Pero, en el momento que tocó la nieve, se produjo un ruido leve y allí apareció una taza adornada de piedras preciosas, llena de algo que hervía. Inmediatamente el enano la tomó y se la entregó a Edmundo con una reverencia y una sonrisa; pero no fue una sonrisa muy agradable.

Tan pronto comenzó a beber, Edmundo se sintió mucho mejor. En su vida había tomado una bebida como ésa. Era muy dulce, cremosa y llena de espuma. Sintió que el líquido lo calentaba hasta la punta de los pies.

—No es bueno beber sin comer, Hijo de Adán

—dijo la Reina un momento después—. ¿Qué es lo que te apetecería comer?

—*Delicias turcas*, por favor, su Majestad —dijo Edmundo.

La Reina derramó sobre la nieve otra gota de su botella y al instante apareció una caja redonda atada con cintas verdes de seda. Edmundo la abrió: contenía varias libras de las mejores *delicias turcas*. Eran dulces y esponjosas. Edmundo no recordaba haber probado jamás algo semejante.

Mientras comía, la Reina no dejaba de hacerle preguntas. Al comienzo, Edmundo trató de recordar que era vulgar hablar con la boca llena. Pero luego se olvidó de todas las reglas de educación y se preocupó únicamente de comer tantas *delicias turcas* como pudiera. Y mientras más comía, más deseaba seguir comiendo.

En ningún momento le pasó por la mente preguntarse por qué su Majestad era tan inquisitiva. Ella consiguió que él le contara que tenía un hermano y dos hermanas y que una de éstas había estado en Narnia y había conocido al Fauno. También le dijo que nadie, excepto ellos, sabía nada sobre Narnia. La Reina pareció especialmente interesada en el hecho de que los niños fueran cuatro y volvió a ese punto con frecuencia.

—¿Estás seguro de que ustedes son sólo cuatro? Dos Hijos de Adán y dos Hijas de Eva, ¿nada más ni nada menos?

Edmundo, con la boca llena de *delicias turcas*, se lo reiteraba. "Sí, ya se lo dije", repetía olvidando llamarla "su Majestad". Pero a ella eso no parecía importarle ahora.

Por fin las *delicias turcas* se terminaron. Edmundo mantuvo la vista fija en la caja vacía con la esperanza de que ella le ofreciera algunas más. Probablemente la Reina podía leer el pensamiento del niño, pues sabía —y Edmundo no— que esas *delicias turcas* estaban encantadas y que quien las probaba una vez, siempre quería más y más. Y si le permitía continuar, no podía detenerse hasta que enfermaba y moría. Ella no le ofreció más; en lugar de eso, le dijo:

—Hijo de Adán, me gustaría mucho conocer a tus hermanos. ¿Querrías traérmelos hasta aquí?

—Trataré —contestó Edmundo, todavía con la vista fija en la caja vacía.

—Si tú vuelves, pero con ellos por supuesto, podré darte *delicias turcas* de nuevo. No puedo darte más ahora. La magia es sólo para una vez, pero en mi casa será diferente.

—¿Por qué no vamos a tu casa ahora? —preguntó Edmundo.

Cuando Edmundo subió al trineo, había sentido miedo de que ella lo llevara muy lejos, a algún lugar desconocido desde el cual no pudiera regresar. Ahora parecía haber olvidado todos sus temores.

—Mi casa es un lugar encantador —dijo la Reina—. Estoy segura de que te gustará. Allí hay cuartos completamente llenos de *delicias turcas*. Y, lo que es más, no tengo niños propios. Me gustaría tener un niño bueno y amable a quien yo podría educar como príncipe y que luego sería Rey de Narnia, cuando yo falte. Y mientras fuera príncipe, llevaría una corona de oro y podría comer *delicias turcas* todo el día. Y tú eres el joven más inteligente y buen mozo que yo conozco. Creo que me gustaría convertirte en príncipe... algún día..., cuando hayas traído a tus hermanos a visitarme.

—¿Y por qué no ahora? —insistió Edmundo.

Su cara se había puesto muy roja, y sus dedos y su boca estaban muy pegajosos. No se veía buen mozo ni parecía inteligente, aunque la Reina lo dijera.

—¡Ah! Si te llevo ahora a mi casa —dijo ella—, yo no conocería a tu hermano ni a tus hermanas. Realmente quiero que traigas a tu encantadora familia. Tú serás príncipe y, con el tiempo, rey; eso está claro. Deberás tener cortesanos y nobles. Yo haré duque a tu hermano y duquesas a tus hermanas.

—No hay nada de especial en ellos —dijo Edmundo—, pero de cualquier forma los puedo traer en el momento que quiera.

—¡Ah, sí! Pero si hoy te llevo a mi casa, podrías

olvidarte de ellos por completo. Estarías tan feliz
que no querrías molestarte en ir a buscarlos. No.
Tienes que ir a tu país ahora y regresar junto a
mí otro día, pero *con ellos*, entiéndelo bien. No te
servirá de nada volver sin ellos.

—Pero yo ni siquiera conozco el camino de
regreso a mi país —rogó Edmundo.

—Es muy fácil. ¿Ves aquel farol? —dijo la Reina,
mientras apuntaba con la varilla.

Edmundo miró en la dirección indicada.
Entonces vio el mismo farol bajo el cual Lucía
había conocido al Fauno.

—Derecho, más allá, está el Mundo de los
Hombres —continuó la Reina. Luego señaló en
dirección opuesta y agregó—: Dime si ves dos
pequeñas colinas que se levantan sobre los árboles.

—Creo que sí —dijo Edmundo.

—Bien, mi casa está entre esas dos colinas. La
próxima vez que vengas, sólo tendrás que encontrar el farol, buscar las dos colinas y atravesar el
bosque hasta llegar a mi casa. Pero recuerda...,
debes traer a tus hermanos. Me enfureceré de verdad, tanto como yo puedo enfurecerme, si vuelves
solo.

—Haré lo que pueda —dijo Edmundo.

—Y, a propósito... —agregó la Reina—, no nece-
sitas hablarles de mí. Será mucho más divertido
guardar el secreto entre nosotros. Les daremos
una sorpresa. Sólo tráelos hacia las colinas con

cualquier pretexto; a un niño inteligente como tú
se le ocurrirá alguno fácilmente. Y cuando llegues
a mi casa, podrás decirles, por ejemplo: "Veamos
quién vive aquí" o algo por el estilo. Estoy segura de que eso será lo mejor. Si tu hermana ya
conoce a uno de los faunos, puede haber oído historias extrañas acerca de mí. Cosas malas que
pueden hacerle sentir temor de mí. Los faunos
dicen cualquier cosa, ¿sabes? Vete ahora.

—¡Por favor, por favor! —rogó Edmundo—.
¿Puede darme una *delicia turca* para comer durante
el regreso a casa?

—¡Oh, no! —dijo la Reina con una sonrisa
sardónica—. Tendrás que esperar hasta la próxima
vez.

Mientras hablaba hizo una señal al enano para
indicarle que se pusiera en marcha. Antes de que
el trineo se perdiera de vista, la Reina agitó la
mano para decir adiós a Edmundo, al mismo tiempo que gritaba:

—¡Hasta la vista! ¡No te olvides! ¡Vuelve pronto!

Edmundo miraba todavía como desaparecía el
trineo cuando oyó que alguien lo llamaba. Dio
media vuelta y divisó a Lucía que venía hacia él
desde otro punto del bosque.

—¡Oh, Edmundo! —exclamó—. Tú también vi-
niste. Dime si no es maravilloso.

—Bien, bien —dijo Edmundo—. Tenías razón

después de todo. El armario es mágico. Te pediré perdón, si quieres... Pero ¿me puedes decir dónde te habías metido? Te he buscado por todas partes.

—Si hubiera sabido que tú también estabas aquí, te habría esperado —dijo Lucía. Estaba tan contenta y excitada que no advirtió el tono mordaz con el que hablaba Edmundo, ni lo extraña y roja que se veía su cara—. Estuve almorzando con el querido señor Tumnus, el Fauno. Está muy bien y la Bruja Blanca no le ha hecho nada por haberme dejado en libertad. Piensa que ella no se ha enterado, así es que todo va a andar muy bien.

—¿La Bruja Blanca? —preguntó Edmundo—. ¿Quién es?

—Es una persona terrible —aseguró Lucía—. Se llama a sí misma Reina de Narnia, a pesar de que no tiene ningún derecho. Todos los faunos, dríades y náyades, todos los enanos y animales —por lo menos los buenos— simplemente la odian. Puede transformar a la gente en piedra y hacer toda clase de maldades horribles. Con su magia mantiene a Narnia siempre en invierno; siempre es invierno, pero nunca llega la Navidad. Anda por todas partes en un trineo tirado por renos, con su vara en la mano y la corona en la cabeza.

Edmundo comenzaba a sentirse incómodo por haber comido tantos dulces. Pero cuando escuchó que la Dama con quien había hecho amistad era una bruja peligrosa, se sintió mucho peor todavía.

Pero aun así, tenía ansias de comer *delicias turcas*. Lo deseaba más que cualquier otra cosa.

–¿Quién te dijo todo eso acerca de la Bruja Blanca? –preguntó.

–El señor Tumnus, el Fauno –contestó Lucía.

–No puedes tomar en serio todo lo que los faunos dicen –dijo Edmundo, dándose aires de saber mucho más que Lucía.

–Y a ti, ¿quién te ha dicho una cosa semejante? –preguntó Lucía.

–Todo el mundo lo sabe –dijo Edmundo–. Pregúntale a quien quieras. Además es una tontería que sigamos aquí, parados sobre la nieve. Vamos a casa.

–Vamos –dijo Lucía–. ¡Oh, Edmundo, estoy tan contenta de que tú hayas venido también! Los demás tendrán que creer en Narnia, ahora que ambos hemos estado aquí. ¡Qué entretenido será!

Pero Edmundo pensaba secretamente que no sería tan divertido para él como para ella. Debería admitir ante los demás que Lucía tenía razón. Por otra parte, estaba seguro de que todos estarían de parte de los faunos y los animales. Y ya estaba casi totalmente del lado de la Bruja. No sabía qué iba a decir, ni cómo guardaría su secreto cuando todos estuvieran hablando de Narnia.

Habían caminado ya un buen trecho cuando de pronto sintieron alrededor de ellos el contacto de las pieles de los abrigos, en lugar de las ramas de los árboles. Un par de pasos más y se encontraron fuera del ropero, en el cuarto vacío.

—¡Edmundo! Te ves muy mal —dijo Lucía, al mirar detenidamente a su hermano—. ¿No te sientes bien?

—Estoy muy bien —respondió Edmundo, pero no era verdad. Se sentía realmente enfermo.

—Vamos, entonces, muévete. Busquemos a los otros —dijo Lucía—. ¡Imagínate todo lo que tenemos que contarles! ¡Y qué maravillosas aventuras nos esperan ahora que todos estaremos juntos en esto!

CAPÍTULO 5

DE REGRESO A ESTE LADO DE LA PUERTA

LUCÍA Y EDMUNDO TARDARON ALGÚN tiempo en encontrar a sus hermanos, ya que continuaban jugando a las escondidas. Cuando por fin estuvieron todos juntos (lo que sucedió en la sala larga donde estaba la armadura), Lucía estalló:

—¡Pedro! ¡Susana! Todo es verdad. Edmundo también lo vio. Hay un país al otro lado del ropero. Nosotros dos estuvimos allá. Nos encontramos en el bosque. ¡Vamos, Edmundo, cuéntales!

—¿De qué se trata esto, Edmundo? —preguntó Pedro.

Y aquí llegamos a una de las partes más feas de esta historia. Hasta ese momento, Edmundo se sentía enfermo, malhumorado y molesto con Lucía porque ella había tenido razón. Todavía no decidía qué actitud iba a tomar, pero cuando de pronto Pedro lo interpeló, resolvió hacer lo peor y lo más odioso que se le pudo ocurrir: dejar a Lucía en mal lugar ante sus hermanos.

—Cuéntanos, Ed —insistió Susana.

Edmundo, como si fuera mucho mayor que Lucía (ellos tenían solamente un año de diferencia), se dio aires de superioridad, y en tono despectivo dijo:

—¡Oh, sí! Lucía y yo hemos estado jugando, como si todo lo del país al otro lado del ropero fuera verdad... Sólo para entretenernos, por supuesto. Lo cierto es que allá no hay nada.

La pobre Lucía le dio una sola mirada y salió corriendo de la sala.

Edmundo, que se transformaba por minutos en una persona cada vez más despreciable, creyó haber tenido mucho éxito.

—Allí va otra vez. ¿Qué será lo que le pasa? Esto es lo peor de los niños pequeños; ellos siempre...

—¡Mira, tú! —exclamó Pedro, volviéndose hacia él con fiereza—. ¡Cállate! Te has portado como un perfecto animal con Lu desde que ella empezó con esta historia del ropero. Ahora le sigues la corriente y juegas con ella sólo para hacerla hablar. Pienso que lo haces simplemente por rencor.

—Pero todo esto no tiene sentido... —dijo Edmundo, muy sorprendido.

—Por supuesto que no —respondió Pedro—; ése es justamente el asunto. Lu estaba muy bien cuando dejamos nuestro hogar, pero, desde que estamos aquí, está rara, como si algo pasara en su mente o se hubiera transformado en la más horrible mentirosa. Sin embargo, sea lo que fuere, ¿crees que le haces algún bien al burlarte de ella y molestarla un día para darle ánimos al siguiente?

—Pensé..., pensé... —murmuró Edmundo, pero la verdad fue que no se le ocurrió qué decir.

—Tú no pensaste nada de nada —dijo Pedro—. Es sólo rencor. Siempre te ha gustado ser cruel con cualquier niño menor que tú. Ya lo hemos visto antes, en el colegio...

—¡No sigan! —imploró Susana—. No arreglaremos nada con una pelea entre ustedes. Vamos a buscar a Lucía.

No fue una sorpresa para ninguno de ellos cuando, mucho más tarde, encontraron a Lucía y vieron que había estado llorando. Tenía los ojos rojos. Nada de lo que le dijeron cambió las cosas. Ella se mantuvo firme en su historia.

—No me importa lo que ustedes piensen. No me importa lo que digan. Pueden contarle al Profesor o escribirle a mamá. Hagan lo que quieran. Yo sé que conocí a un fauno y... desearía haberme quedado allá. Todos ustedes son unos malvados.

La tarde fue muy poco agradable. Lucía estaba triste y desanimada. Edmundo comenzó a darse cuenta de que su plan no caminaba tan bien como había esperado. Los dos mayores temían realmente que Lucía estuviese mal de la cabeza, y se quedaron en el pasillo hablando muy bajo hasta mucho después de que ella se fue a la cama.

A la mañana siguiente, ambos decidieron que le contarían todo al Profesor.

—Él le escribirá a papá si considera que algo anda mal con Lucía —dijo Pedro—. Esto no es algo que nosotros podamos resolver. Está fuera de nuestro alcance.

De manera que se dirigieron al despacho del Profesor y llamaron a la puerta.

—Entren —les dijo.

Se levantó, buscó dos sillas para los niños y les dijo que estaba a su disposición. Luego se sentó frente a ellos, con los dedos entrelazados, y los escuchó sin hacer ni una sola interrupción hasta que terminaron toda la historia. Después carraspeó y dijo lo último que ellos esperaban escuchar.

—¿Cómo saben ustedes que la historia de su hermana no es verdadera?

—¡Oh!, pero... —comenzó Susana, y luego se detuvo. Cualquiera podía darse cuenta, con sólo mirar la cara del anciano, que él hablaba en serio. Susana se armó de valor nuevamente y continuó—: Pero Edmundo dijo que ellos sólo estaban imaginando...

—Ése es un punto —dijo el Profesor— que, ciertamente, merece consideración. Una cuidadosa consideración. Por ejemplo, me van a disculpar la pregunta, la experiencia que ustedes tienen, ¿les hace confiar más en su hermano o en su hermana? ¿Cuál de los dos es más sincero?

—Precisamente, eso es lo más curioso, señor —dijo Pedro—. Hasta ahora, yo habría dicho que Lucía, siempre.

—¿Qué piensa usted, querida? —preguntó el Profesor, volviéndose hacia Susana.

—Bueno —dijo Susana—, en general, yo diría lo mismo que Pedro; pero este asunto no puede ser verdad; todo esto del bosque y del Fauno...

—Esto es más de lo que yo sé —declaró el Profesor—. Acusar de mentirosa a una persona en la qué siempre se ha confiado es algo muy serio. Muy serio, ciertamente —repitió.

—Nosotros tememos que a lo mejor ella ni siquiera está mintiendo —dijo Susana—. Pensamos que algo puede andar mal en Lucía.

—¿Locura, quieren decir? —preguntó fríamente el Profesor—. ¡Oh! Eso pueden descartarlo muy rápidamente. No tienen más que mirarla para darse cuenta de que no está loca.

—Pero entonces... —comenzó Susana. Se detuvo. Ella nunca hubiera esperado, ni en sueños, que un adulto les hablaría como lo hacía el Profesor. No supo qué pensar.

—¡Lógica! —dijo el Profesor como para sí—. ¿Por qué hoy no se enseña lógica en los colegios? Hay sólo tres posibilidades: su hermana miente, está loca o dice la verdad. Ustedes saben que ella no miente y es obvio que no está loca. Por el momento, y a no ser que se presente otra evidencia, tenemos que asumir que ella dice la verdad.

Susana lo miró fijamente y por su expresión pudo deducir que, en realidad, no se estaba riendo de ellos.

—Pero, ¿cómo puede ser cierto, señor? —dijo Pedro.

—¿Por qué dice eso?

—Bueno, en primer lugar —contestó Pedro—. Si esa historia fuera real, ¿por qué no encontramos ese país cada vez que abrimos el ropero? No había nada allí cuando fuimos todos a ver. Incluso Lucía reconoció que no había nada.

—¿Qué tiene que ver eso con todo esto? —preguntó el Profesor.

—Bueno, señor, si las cosas son reales, deberían estar allí todo el tiempo.

—¿Están? —dijo el Profesor. Pedro no supo qué contestar.

—Pero ni siquiera hubo tiempo —interrumpió Susana—. Lucía no tuvo tiempo de haber ido a ninguna parte, aunque ese lugar existiera. Vino corriendo tras de nosotros en el mismo instante en que salíamos de la habitación. Fue menos de un minuto y ella pretende haber estado afuera durante horas.

—Eso es, precisamente, lo que hace más probable que su historia sea verdadera —dijo el Profesor—. Si en esta casa hay realmente una puerta que conduce hacia otros mundos (y les advierto que es una casa muy extraña y que incluso yo sé muy poco sobre ella); si, como les digo, ella se introdujo en otro mundo, no me sorprendería en absoluto que éste tuviera su tiempo propio. Así, no tendría importancia cuánto tiempo permaneciera uno allá, pues no tomaría nada de *nuestro* tiempo. Por otro lado, no creo que muchas niñas de su edad puedan inventar una idea como ésta por sí solas. Si ella hubiera imaginado toda esa historia, se habría escondido durante un tiempo razonable antes de aparecer y contar su aventura.

—¿Realmente usted piensa que puede haber otros mundos como ése en cualquier parte, así, a la vuelta de la esquina? —preguntó Pedro.

—No imagino nada que pueda ser más probable —dijo el Profesor. Se sacó los anteojos y comenzó a limpiarlos mientras murmuraba para sí—: Me pregunto, ¿qué es lo que enseñan en estos colegios?

—Pero ¿qué vamos a hacer nosotros? —preguntó Susana. Ella sentía que la conversación comenzaba a alejarse del problema.

—Mi querida jovencita —dijo el Profesor, mirando repentinamente a ambos niños con una expresión muy penetrante—, hay un plan que nadie ha sugerido todavía y que vale la pena probar.

—¿De qué se trata? —preguntó Susana.

—Podríamos tratar todos de preocuparnos de nuestros propios asuntos.

Y ése fue el final de la conversación.

Después de esto las cosas mejoraron mucho para Lucía. Pedro se preocupó especialmente de que Edmundo dejara de molestarla y ninguno de ellos —Lucía, menos que nadie— se sintió inclinado a mencionar el ropero para nada. Éste se había transformado en un tema más bien inquietante. De este modo, por un tiempo pareció que todas las aventuras habían llegado a su fin. Pero no sería así.

La casa del Profesor, de la cual él mismo sabía

muy poco, era tan antigua y famosa que gente de todas partes de Inglaterra solía pedir autorización para visitarla. Era el tipo de casa que se menciona en las guías turísticas e, incluso, en las historias. En torno a ella se tejían toda clase de relatos. Algunos más extraños aun que el que yo les estoy contando ahora. Cuando los turistas solicitaban visitarla, el Profesor siempre accedía. La señora Macready, el ama de llaves, los guiaba por toda la casa y les hablaba de los cuadros, de la armadura y de los antiguos y raros libros de la biblioteca.

A la señora Macready no le gustaban los niños, y menos aún, ser interrumpida mientras contaba a los turistas todo lo que sabía. Durante la primera mañana de visitas había dicho a Pedro y a Susana (además de muchas otras instrucciones): "Por favor, recuerden que no deben entrometerse cuando yo muestro la casa".

—Como si alguno de nosotros quisiera perder la mañana dando vueltas por la casa con un tropel de adultos desconocidos —había replicado Edmundo. Los otros niños pensaban lo mismo. Así fue cómo las aventuras comenzaron nuevamente.

Algunas mañanas después, Pedro y Edmundo estaban mirando la armadura. Se preguntaban si podrían desmontar algunas piezas, cuando las dos hermanas aparecieron en la sala.

—¡Cuidado! —exclamaron—. Viene la señora Macready con una cuadrilla completa.

—¡Justo ahora! —dijo Pedro.

Los cuatro escaparon por la puerta del fondo, pero cuando pasaron por la pieza verde y llegaron a la biblioteca, sintieron las voces delante de ellos. Se dieron cuenta de que el ama de llaves había conducido a los turistas por las escaleras de atrás en lugar de hacerlo por las de delante, como ellos esperaban.

¿Qué pasó después? Quizás fue que perdieron la cabeza, o que la señora Macready trataba de alcanzarlos, o que alguna magia de la casa había despertado y los llevaba directo a Narnia... Lo cierto es que los niños se sintieron perseguidos desde todas partes, hasta que Susana gritó:

—¡Turistas antipáticos! ¡Aquí! Entremos en el cuarto del ropero hasta que ellos se hayan ido. Nadie nos seguirá hasta este lugar.

Pero en el momento en que estuvieron dentro

de esa habitación, escucharon las voces en el pasillo. Luego, alguien pareció titubear ante la puerta y entonces ellos vieron que la perilla daba vuelta.

—¡Rápido! —exclamó Pedro, abriendo el guardarropa—. No hay ningún otro lugar.

A tientas en la oscuridad, los cuatro niños se precipitaron dentro del ropero. Pedro sostuvo la puerta junta, pero no la cerró. Por supuesto, como toda persona con sentido común, recordó que uno jamás debe encerrarse en un armario.

CAPÍTULO 6

EN EL BOSQUE

—OJALÁ LA SEÑORA MACREADY SE apresure y se lleve pronto de aquí a toda esa gente —dijo Susana, poco después—. Estoy terriblemente acalambrada.

—¡Qué fuerte olor a alcanfor hay aquí! —exclamó Edmundo.

—Seguro que los bolsillos de estos abrigos están llenos de bolas de alcanfor para espantar las polillas —repuso Susana.

—Algo se me está clavando en la espalda —dijo Pedro.

—Además hace un frío espantoso —agregó Susana.

—Ahora que tú lo dices, está muy frío, y también mojado. ¿Qué pasa en este lugar? Estoy sentado sobre algo húmedo. Esto está cada minuto más húmedo —dijo Pedro y se puso de pie.

—Salgamos de aquí —dijo Edmundo—. Ya se fueron.

–¡Oh!, ¡oh! –gritó Susana, de repente; y, cuando todos preguntaron qué le pasaba, ella exclamó–: ¡Estoy apoyada en un árbol!... ¡Miren! Allí está aclarando.

–¡Santo Dios! –gritó Pedro–. ¡Miren allá... y allá! Hay árboles por todos lados. Y esto húmedo es nieve. De verdad creo que hemos llegado al bosque de Lucía después de todo.

Ahora no había lugar a dudas. Los cuatro niños se quedaron perplejos ante la claridad de un frío día de invierno. Tras ellos colgaban los abrigos en sus perchas; al frente se levantaban los árboles cubiertos de nieve.

Pedro se volvió inmediatamente hacia Lucía.

–Perdóname por no haberte creído. Lo siento mucho. ¿Me das la mano?

–Por supuesto –dijo Lucía, y así lo hizo.

–Y ahora –preguntó Susana–, ¿qué haremos?

–¿Que qué haremos? –dijo Pedro–. Ir a explorar el bosque, por supuesto.

–¡Uf! –exclamó Susana, golpeando sus pies en el suelo–. Hace demasiado frío. ¿Qué tal si nos ponemos algunos de estos abrigos?

–No son nuestros –dijo Pedro, un tanto dudoso.

–Estoy segura de que a nadie le importará –replicó Susana–. Esto no es como si nosotros quisiéramos sacarlos de la casa. Ni siquiera los vamos a sacar del ropero.

—Nunca lo habría pensado así —dijo Pedro—. Ahora veo, tú me has puesto en la pista. Nadie podría decir que te has llevado el abrigo mientras lo dejes en el lugar en que lo encontraste. Y yo supongo que este país entero está dentro de este ropero.

Inmediatamente llevaron a cabo el plan de Susana. Los abrigos, demasiado grandes para ellos, les llegaban a los talones. Más bien parecían mantos reales. Pero todos se sintieron muy cómodos y, al mirarse, cada uno pensó que se veían mucho mejor en sus nuevos atuendos y más de acuerdo con el paisaje.

—Imaginemos que somos exploradores árticos —dijo Lucía.

—A mí me parece que la aventura ya es suficientemente fantástica como para imaginarse otra cosa —dijo Pedro, mientras iniciaba la marcha hacia el bosque. Densas nubes oscurecían el cielo y parecía que antes de anochecer volvería a nevar.

—¿No creen que deberíamos ir más hacia la izquierda si queremos llegar hasta el farol? —preguntó Edmundo. Olvidó por un instante que debía aparentar que jamás había estado antes en aquel bosque. En el momento en que esas palabras salieron de su boca, se dio cuenta de que se había traicionado. Todos se detuvieron, todos lo miraron fijamente. Pedro lanzó un silbido.

—Entonces era cierto que habías estado aquí,

como aseguraba Lucía —dijo—. Y tú declaraste que ella mentía...

Se produjo un silencio mortal.

—Bueno, de todos los seres venenosos... —dijo Pedro, y se encogió de hombros sin decir nada más. En realidad no había nada más que decir y, de inmediato, los cuatro reanudaron la marcha. Pero Edmundo pensaba para sus adentros: "Ya me las pagarán todos ustedes, manada de pedantes, orgullosos y vanidosos".

—¿Hacia dónde vamos? —preguntó Lucía, sólo con la intención de cambiar de tema.

—Yo pienso que Lu debe ser nuestra guía —dijo Pedro—. Bien se lo merece. ¿Hacia dónde nos llevarás, Lu?

—¿Qué les parece si vamos a ver al señor Tumnus? Es ese fauno tan encantador de quien les he hablado.

Todos estuvieron de acuerdo. Caminaron animadamente y pisando fuerte. Lucía demostró ser una buena guía. En un comienzo ella tuvo dudas. No sabía si sería capaz de encontrar el camino, pero pronto reconoció el árbol viejo en un lugar y un arbusto en otro y los llevó hasta el sitio donde el sendero se tornaba pedregoso. Luego llegaron al pequeño valle y, por fin, a la entrada de la caverna del señor Tumnus. Allí los esperaba una terrible sorpresa.

La puerta había sido arrancada de sus bisagras

y hecha pedazos. Adentro, la caverna estaba oscura y fría. Un olor húmedo, característico de los lugares que no han sido habitados por varios días, lo invadía todo. La nieve amontonada fuera de la cueva, poco a poco había entrado por el hueco de la puerta y, mezclada con cenizas y leña carbonizada, formaba una espesa capa negra sobre el suelo.

Aparentemente, alguien había tirado y esparcido todo en la habitación, y luego lo había pisoteado. Platos y tazas, la vajilla..., todo estaba hecho añicos en el suelo. El retrato del padre del Fauno había sido cortado con un cuchillo en mil pedazos.

—Este lugar no sirve para nada —dijo Edmundo—. No valía la pena venir hasta aquí.

—¿Qué es esto? —dijo Pedro, agachándose. Había encontrado un papel clavado en la alfombra, sobre el suelo.

—¿Hay algo escrito? —preguntó Susana.

—Sí, creo que sí. Pero con esta luz no puedo leer. Vamos afuera, al aire libre.

Salieron hacia la luz del día y todos rodearon a Pedro mientras él leía las siguientes palabras:

El dueño de esta morada, Fauno Tumnus, está bajo arresto y espera ser juzgado por el cargo de Alta Traición contra su Majestad Imperial Jadis, Reina de Narnia, Señora de Cair Paravel, Emperadora de las Islas Solitarias, etc. También se le acusa de prestar auxilio a los enemigos de su Majestad, de encubrir espías y de hacer amistad con humanos.

Firmado *Maugrim*, Capitán de la Policía Secreta,
¡VIVA LA REINA!

Los niños se miraron fijamente unos a otros.

—No sé si me va a gustar este lugar, después de todo —dijo Susana.

—¿Quién es esta reina, Lu? —preguntó Pedro—. ¿Sabes algo de ella?

—No es una verdadera reina; de ninguna manera —contestó Lucía—. Es una horrible bruja, la Bruja Blanca. Toda la gente del bosque la odia. Ella ha sometido a un encantamiento al país entero y, desde entonces, aquí es siempre invierno y nunca Navidad.

—Me pregunto si tiene algún sentido seguir adelante —dijo Susana—. Éste no parece ser un lugar seguro, ni tampoco divertido. Cada minuto hace más frío y no trajimos nada para comer. ¿Qué les parece si regresamos?

—No podemos. Realmente no podemos —dijo Lucía—. ¿No ven lo que ha pasado? No podemos ir a casa después de todo esto. El Fauno está en problemas por mi culpa. Él me escondió de la Bruja Blanca y me mostró el camino de vuelta. Ése es el significado de "prestar auxilio a los enemigos de la Reina y hacer amistad con los humanos". Debemos tratar de rescatarlo.

—¡Como si nosotros pudiéramos hacer mucho! —exclamó Edmundo—. Ni siquiera tenemos algo para comer.

—¡Cállate! —le contestó Pedro, que todavía estaba enojado con él—. ¿Qué crees tú, Susana?

—Tengo la horrible sospecha de que Lucía tiene razón —dijo Susana—. No quisiera avanzar un solo paso más. Incluso desearía no haber venido jamás. Sin embargo, creo que debemos hacer algo por el señor no-sé-cuánto..., quiero decir el Fauno.

—Eso es también lo que yo siento —dijo Pedro—. Me preocupa no tener nada para comer. Les propongo volver y buscar algo en la despensa, aunque, según creo, no hay ninguna seguridad de que se pueda regresar a este país una vez que se lo abandona. Bueno, creo que debemos seguir adelante.

—Yo también lo creo así —dijeron ambas niñas al mismo tiempo.

—Si solamente supiéramos dónde fue encerrado ese pobre fauno.

Estaban todavía sin saber qué hacer cuando Lucía exclamó:

—¡Miren! ¡Allí hay un pájaro de pecho rojo! Es el primer pájaro que veo en este país. Me pregunto si aquí en Narnia ellos hablarán. Parece como si quisiera decirnos algo.

Entonces la niña se volvió hacia el Petirrojo y le dijo:

—Por favor, ¿puedes decirme dónde ha sido llevado el señor Tumnus?

Lucía dio unos pasos hacia el pájaro. Inmediatamente éste voló, pero sólo hasta el próximo árbol. Desde allí los miró fijamente, como si hubiera entendido todo lo que Lucía le había dicho. De forma casi inconsciente, los cuatro niños avanzaron uno o dos pasos hacia el Petirrojo. De nuevo éste voló hasta el árbol más cercano y volvió a mirarlos muy fijo. (Seguro que ustedes no han encontrado jamás un petirrojo con un pecho tan rojo ni ojos tan brillantes como ése.)

—¿Saben? Realmente creo que pretende que nosotros lo sigamos —dijo Lucía.

—Yo pienso lo mismo —dijo Susana—. ¿Qué crees tú, Pedro?

—Bueno, podemos tratar de hacerlo.

El pájaro pareció entender perfectamente el asunto. Continuó de árbol en árbol, siempre unos pocos metros delante de ellos, pero siempre muy cerca para que pudieran seguirlo con facilidad. De esta manera los condujo a la parte de abajo de la colina. Cada vez que el Petirrojo se detenía, una pequeña lluvia de nieve caía de la rama en la que se había posado. Poco después, las nubes en el cielo se abrieron y dieron paso al sol del invierno; alrededor de ellos la nieve adquirió un brillo deslumbrante.

Llevaban poco más de media hora de camino. Las dos niñas iban adelante. Edmundo se acercó a Pedro y le dijo:

—Si no te crees todavía demasiado grande y poderoso como para hablarme, tengo algo que decirte y será mejor que me escuches.

—¿Qué cosa?

—¡Silencio! No tan fuerte. No sería bueno asustar a las niñas —dijo Edmundo—. ¿Te has dado cuenta de lo que estamos haciendo?

—¿Qué? —preguntó Pedro nuevamente en un murmullo.

—Estamos siguiendo a un guía que no conocemos. ¿Cómo podemos saber de qué lado está ese pájaro? Perfectamente podría conducirnos a una trampa.

—¡Qué idea tan desagradable! —dijo Pedro—. Es un petirrojo. Son unos pájaros buenos en todas las historias que he leído. Estoy seguro de que un petirrojo no se equivoca de lado.

—Y ahora que hablamos de eso, ¿cuál es el lado bueno? ¿Cómo podemos saber con certeza que los faunos están en el lado bueno y la Reina (sí, ya sé que nos han dicho que es una bruja) en el lado malo? Realmente no sabemos nada de ninguno.

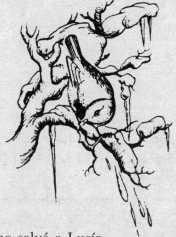

—El Fauno salvó a Lucía.

—Él *dijo* que lo había hecho. Pero ¿cómo podemos saber que es así? Además, otra cosa. ¿Alguno de nosotros tiene la menor idea de cuál es el camino de vuelta desde aquí?

—¡Caramba! No había pensado en eso —dijo Pedro.

—Y tampoco tenemos ninguna posibilidad de comer —agregó Edmundo.

CAPÍTULO 7

UN DÍA CON LOS CASTORES

LOS DOS HERMANOS HABLABAN EN secreto cuando, de pronto, las niñas se detuvieron.

—¡El Petirrojo! —gritó Lucía—. ¡El Petirrojo! ¡Se ha ido!

Y así era... El Petirrojo había volado hasta perderse de vista.

—¿Qué vamos a hacer ahora? —preguntó Edmundo, mientras miraba a Pedro con cara de "¿qué te había dicho yo?".

—¡Chsss! ¡Miren! —exclamó Susana.

—¿Qué? —preguntó Pedro.

—Algo se mueve entre los árboles... por allí, a la izquierda.

Todos miraron atentamente, ninguno de ellos muy tranquilo.

—¡Allí está otra vez! —dijo Susana.

—Esta vez yo también lo vi —dijo Pedro—. Todavía está ahí. Desapareció detrás de ese gran árbol.

—¿Qué es? —preguntó Lucía, tratando por todos los medios de que su voz no reflejara su nerviosismo.

—No sé —dijo Pedro—, pero en todo caso es algo que se está escabullendo; algo que no quiere ser visto.

—Vámonos a casa —murmuró Susana.

Entonces, aunque nadie lo dijo en voz alta, en ese momento todos se dieron cuenta de que estaban perdidos, tal como Edmundo le había dicho en secreto a Pedro.

—¿A qué se parece? —preguntó Lucía, volviendo a fijar su atención en aquello que se movía.

—Es una especie de animal —dijo Susana—. ¡Miren! ¡Rápido! ¡Allí está!

Esta vez todos lo vieron. Una cara barbuda los miraba desde detrás de un árbol. Pero ahora no desapareció inmediatamente. En lugar de eso, el animal acercó las garras a la boca, en un gesto idéntico al de los humanos que ponen los dedos en los labios cuando quieren que alguien guarde silencio. Luego se escondió de nuevo. Los niños se quedaron inmóviles, conteniendo la respiración.

Momentos más tarde, el extraño ser reapareció tras el árbol. Miró hacia todos lados, como si temiera que alguien lo estuviese observando, y dijo "silencio", o algo parecido. Después hizo unas señales a los niños como para indicarles que se reunieran con él en lo más espeso del bosque, y desapareció otra vez.

—Ya sé qué es —dijo Pedro—. Es un castor. Le vi la cola.

—Quiere que nos acerquemos a él —dijo Susana—, y nos ha prevenido para que no hagamos el menor ruido.

—Así me parece —dijo Pedro—. ¿Qué haremos? ¿Vamos con él o no? ¿Qué piensas tú, Lucía?

—Yo creo que es un buen castor —dijo ésta.

—Sí, pero ¿cómo podemos saberlo? —replicó Edmundo.

—Tendremos que arriesgarnos —dijo Susana—. Por otra parte, no ganamos nada con seguir parados aquí, pensando en que tenemos hambre.

El Castor se asomó nuevamente detrás del árbol y, con gran ansiedad, comenzó a hacerles señas con la cabeza.

—Vamos —dijo Pedro—. Démosle una oportunidad. Pero tenemos que mantenernos muy unidos frente al Castor, por si resulta ser un enemigo.

Los niños, muy juntos unos a otros, caminaron

hacia el árbol. Efectivamente, tras él encontraron al Castor. Éste retrocedió aún más y con voz ronca murmuró:

—Más acá, vengan más acá. ¡No estaremos a salvo en este espacio tan abierto!

Sólo cuando los hubo conducido a un lugar oscuro, en el que había cuatro árboles tan juntos que sus ramas entrecruzadas cerraban incluso el paso a la nieve y en el suelo se veían la tierra café y las agujas de los pinos, se decidió a hablar.

—¿Son ustedes los Hijos de Adán y las Hijas de Eva?

—Sí. Somos algunos de ellos —dijo Pedro.

—¡Chsss! —dijo el Castor—. No tan alto, por favor. Ni siquiera aquí estamos a salvo.

—¿Por qué? ¿A quién le tiene miedo? —preguntó Pedro—. En este lugar no hay nadie más que nosotros.

—Están los árboles —dijo el Castor—. Están siempre oyendo. La mayoría de ellos está de nuestro lado, pero hay algunos que nos traicionarían ante *ella*... Saben a quién me refiero, supongo —agregó.

—Si estamos hablando de tomar partido, ¿cómo podemos saber que usted es un amigo? —dijo Edmundo.

—No queremos parecer mal educados, señor Castor —dijo Pedro—, pero, como usted ve, nosotros somos extranjeros.

—Está bien, está bien —dijo el Castor—. Aquí está mi distintivo.

Con estas palabras levantó hacia ellos un objeto blanco y pequeño. Todos se quedaron mirándolo sorprendidos, hasta que Lucía exclamó:

—¡Oh! ¡Por supuesto! Es mi pañuelo... el que le di al pobre señor Tumnus.

—Exactamente —dijo el Castor—. Pobre amigo... le llegó el anuncio del arresto un poco antes de que lo apresaran. Me dijo que si algo le sucedía, debía encontrarme contigo y llevarte a...

Aquí la voz del Castor se transformó en silencio e inclinó una o dos veces la cabeza de un modo muy misterioso. Luego hizo una seña a los niños para que se acercaran a él, tanto que casi los rozó con sus bigotes mientras murmuraba:

—Dicen que Aslan se ha puesto en movimiento... Quizás ha aterrizado ya.

En ese momento sucedió una cosa muy curiosa.

Ninguno de los niños sabía quién era Aslan, pero en el mismo instante en que el Castor pronunció esas palabras, cada uno de ellos experimentó una sensación diferente.

A lo mejor les ha pasado alguna vez en un sueño que alguien dice algo que uno no entiende, pero siente que tiene un enorme significado... Puede ser aterrador, lo cual transforma el sueño en pesadilla. O bien, encantador, demasiado encantador para traducirlo en palabras. Esto hace que el sueño sea tan hermoso que uno lo recuerda durante toda la vida y siempre desea volver a soñar lo mismo.

Una cosa así sucedió ahora. El nombre de Aslan despertó algo en el interior de cada uno de los niños. Edmundo tuvo una sensación de misterioso horror. Pedro se sintió de pronto valiente y aventurero. Susana creyó que alrededor de ella flotaba un aroma delicioso, a la vez que escuchaba algunos acordes musicales bellísimos. Lucía experimentó un sentimiento como el que se tiene al despertar una mañana y darse cuenta de que ese día comienzan las vacaciones o el verano.

—¿Y qué pasa con el señor Tumnus? —preguntó Lucía–. ¿Dónde está?

–¡Chsss! –dijo el Castor–. No está aquí. Debo llevarlos a un lugar donde realmente podamos tener una verdadera conversación y, también, comer.

Ninguno de los niños, excepto Edmundo, tuvo dificultades para confiar en el Castor; pero todos, incluso él, se alegraron al escuchar la palabra "comer". Siguieron con estusiasmo a este nuevo amigo, que los condujo, durante más de una hora, a un paso sorprendentemente rápido y siempre a través de lo más espeso del bosque.

De pronto, cuando todos se sentían muy cansados y muy hambrientos, comenzaron a salir del bosque. Frente a ellos los árboles eran ahora más delgados y el terreno comenzó a descender de forma abrupta. Minutos más tarde estuvieron bajo el cielo abierto y se encontraron contemplando un hermoso paisaje.

Estaban en el borde de un angosto y escarpado valle, en cuyo fondo corría –es decir, debería correr si no hubiera estado completamente congelado– un río medianamente grande. Justo debajo de ellos había sido construido un dique que lo atravesaba. Cuando los niños lo vieron, recordaron de pronto que los castores siempre construyen enormes diques y no les cupo duda de que ése era obra del Castor. También advirtieron que su rostro reflejaba cierta expresión de modestia, como la de cualquier persona cuando visita un jardín que ella misma ha plantado o lee un cuento que ella ha escrito. De manera que su habitual cortesía obligó a Susana a decir:

—¡Qué maravilloso dique!

Y esta vez el Castor no dijo "silencio".

—¡Es sólo una bagatela! ¡Sólo una bagatela! Ni siquiera está terminado.

Hacia el lado de arriba del dique estaba lo que debió haber sido un profundo estanque, pero ahora, por supuesto, era una superficie completamente lisa y cubierta de hielo de color verde oscuro. Hacia el otro lado, mucho más abajo, había más hielo, pero, en lugar de ser liso, estaba congelado en espumosas y ondeadas formas, tal como el agua corría cuando llegó la helada. Y donde ésta había estado goteando y derramándose a través del dique, había ahora una brillante cascada de carámbanos, como si ese lado del muro que contenía el agua estuviera completamente cubierto de flores, guirnaldas y festones de azúcar pura.

En el centro y, en cierto modo, en el punto más importante y alto del dique, había una graciosa casita que más bien parecía una enorme colmena. Desde su techo, a través de un agujero, se elevaba una columna de humo. Cuando uno la veía (especialmente si tenía hambre), de inmediato recordaba la comida y se sentía aún más hambriento.

Esto fue lo que los niños observaron por encima

de todo; pero Edmundo vio algo más. Río abajo, un poco más lejos, había un segundo río, algo más pequeño, que venía desde otro valle a juntarse con el río más grande. Al contemplar ese valle, Edmundo pudo ver dos colinas. Estaba casi seguro de que eran las mismas dos colinas que la Bruja Blanca le había señalado cuando se encontraban junto al farol, momentos antes de que él se separara de ella. Allí, sólo a una milla o quizás menos, debía estar su palacio. Pensó entonces en las *delicias turcas*, en la posibilidad de ser rey ("¿Qué le parecería esto a Pedro?", se preguntó) y en varias otras ideas horribles que acudieron a su mente.

—Hemos llegado —dijo el Castor—, y parece que la señora Castora nos espera. Yo los guiaré... ¡Cuidado, no vayan a resbalar!

Aunque el dique era suficientemente amplio, no era (para los humanos) un lugar muy agradable para caminar porque estaba cubierto de hielo. A

un costado se encontraba, al mismo nivel, esa gran superficie helada; y al otro veíase una brusca caída hacia el fondo del río. Mientras marchaban en fila india, dirigidos por el Castor, a través de toda esta ruta, los niños pudieron observar el largo camino del río hacia arriba y el largo y descendente camino del río hacia abajo.

Cuando llegaron al centro del dique, se detuvieron ante la puerta de la casa.

—Aquí estamos, señora Castora —dijo el Castor—. Los encontré. Aquí están los Hijos e Hijas de Adán y Eva.

Lo primero que al entrar atrajo la atención de Lucía fue un sonido ahogado y lo primero que vio fue a una anciana castora de mirada bondadosa, que estaba sentada en un rincón, con un hilo en la boca, trabajando afanada ante su máquina de coser. Precisamente de allí venía el extraño sonido. Apenas los niños entraron en la casa, dejó

su trabajo y se puso de pie.

—¡Por fin han venido! —exclamó, con sus arrugadas manos en alto—. ¡Al fin! ¡Pensar que siempre he vivido para ver este día! Las papas están hirviendo; la tetera, silbando, y me atrevo a decir que el señor Castor nos traerá pescado.

—Eso haré —dijo él y salió de la casa, llevando un balde (Pedro lo siguió). Caminaron sobre la superficie de hielo hasta el lugar donde el Castor había hecho un agujero, que mantenía abierto trabajando todos los días con su hacha.

El Castor se sentó tranquilamente en el borde del agujero (parecía no importarle para nada el intenso frío), y se quedó inmóvil, mirando el agua con gran concentración. De pronto hundió una de sus garras a toda velocidad y antes de que uno pudiera decir "amén", había agarrado una hermosa trucha. Una y otra vez repitió la misma operación hasta que consiguió una espléndida pesca.

Mientras tanto las niñas ayudaban a la señora Castora. Llenaron la tetera, arreglaron la mesa, cortaron el pan, colocaron las fuentes en el horno, pusieron la sartén al fuego y calentaron la grasa gota a gota. También sacaron cerveza de un barril que se encontraba en un rincón de la casa, y llenaron un enorme jarro para el señor Castor. Lucía pensaba que los Castores tenían una casita muy confortable, aunque no se asemejaba en nada a la cueva del señor Tumnus. No se veían libros ni cuadros y, en lugar de camas, había literas adosadas a la pared, como en los barcos. Del techo colgaban jamones y trenzas de cebollas. Y alrededor de la habitación, contra las paredes, había botas de goma, ropa impermeable, hachas, grandes tijeras, palas, llanas, vasijas para transportar materiales de construcción, cañas de pescar, redes y sacos. Y el mantel que cubría la mesa, aunque muy limpio, era áspero y tosco.

En el preciso momento en que el aceite chirriaba en la sartén, el Castor y Pedro regresaron con el pescado ya preparado para freírlo. El Castor lo había abierto con su cuchillo y lo había limpiado antes de entrar en la casa. Pueden ustedes imaginar qué bien huele mientras se fríe un pescado recién sacado del agua y cuánto más hambrientos estarían los niños antes de que la señora Castora dijera:

—Ahora estamos casi listos.

Susana retiró las papas del agua en la que se habían cocido y las puso en una marmita para secarlas cerca del fogón, mientras Lucía ayudaba a la señora Castora a disponer las truchas en una fuente. En pocos segundos cada uno tomó un banquillo (todos eran de tres patas, sólo la señora Castora tenía una mecedora especial cerca del fuego) y se preparó para ese agradable momento. Había un jarro de leche cremosa para los niños (el Castor prefería su cerveza), y, en el centro de la

mesa, un gran trozo de mantequilla, para que cada
uno le pusiera a las papas toda la que quisiese. Los
niños pensaron —y yo estoy de acuerdo con ellos—
que no había nada más exquisito en el mundo que
un pescado recién salido del agua y cocinado al
instante. Cuando terminaron con las truchas, la
señora Castora retiró del horno un inesperado,
humeante y glorioso bizcocho con mermelada. Al
mismo tiempo, movió la tetera en el fuego para

preparar el té. Así, después del postre, cada uno tomó su taza de té, empujó su banquillo para arrimarlo a la pared, y volvió a sentarse cómodo y satisfecho.

—Y ahora —dijo el Castor, empujando lejos su jarro de cerveza ya vacío y acercando su taza de té—, si ustedes esperan sólo a que yo encienda mi pipa, podremos hablar de nuestros asuntos. Está nevando otra vez —agregó, volviendo los ojos hacia la ventana—. Me parece espléndido, porque así no tendremos visitas; y si alguien ha tratado de seguirnos, ya no podrá encontrar ninguna huella.

CAPÍTULO 8

LO QUE SUCEDIÓ DESPUÉS DE LA COMIDA

—CUÉNTENOS AHORA, POR FAVOR, QUÉ le pasó al señor Tumnus —dijo Lucía.

—¡Ah, eso está mal! —dijo el Castor, moviendo la cabeza—. Es un asunto muy, muy malo. No hay duda alguna de que se lo llevó la policía. Lo supe por un pájaro que estuvo presente cuando lo apresaron.

—Pero ¿a dónde lo llevaron? —preguntó Lucía.

—Bueno, ellos iban rumbo al norte la última vez que los vieron. Todos sabemos lo que eso significa.

—Nosotros no —dijo Susana.

El Castor movió la cabeza con desaliento.

—Temo que lo llevaron a la casa de *ella*.

—Pero ¿qué le harán, señor Castor? —insistió Lucía, con ansiedad.

—No se puede saber con certeza. No son muchos los que han regresado después de haber sido llevados allá. Estatuas... Dicen que ese lugar está lleno de estatuas. En el jardín, en las escalinatas, en el salón... Gente que ella ha transformado... (se detuvo y se estremeció), transformado en piedra.

—Pero, señor Castor —dijo Lucía—, nosotros podemos..., mejor dicho, debemos hacer algo para salvarlo. Es demasiado espantoso que todo esto sea por mi culpa.

—No me cabe duda de que tú lo salvarías si pudieras, cariño —dijo la señora Castora—. Sin embargo, no hay ninguna posibilidad de entrar en esa casa contra la voluntad de ella, ni menos de salir con vida.

—¿No podríamos planear alguna estratagema? —preguntó Pedro—. Como disfrazarnos o fingir que somos... buhoneros o cualquier cosa..., o vigilar hasta que ella salga... o... ¡Caramba! Tiene que haber una manera. Este fauno se arriesgó para salvar a mi hermana. No podemos permitir que se convierta..., que sea..., que hagan eso con él.

—Eso no serviría para nada, Hijo de Adán —dijo el Castor—. Tu intento sería muy complicado para todos y no serviría para nada. Pero ahora que Aslan está en movimiento…

—¡Oh, sí! Cuéntenos de Aslan —dijeron varias voces al mismo tiempo. Otra vez los invadió ese extraño sentimiento..., como si para ellos hubiera llegado la primavera, como si hubieran recibido muy buenas noticias.

—¿Quién es Aslan? —preguntó Susana.

—¿Aslan? ¡Cómo! ¿Es que ustedes no lo saben? Es el Rey. Es el Señor de todo el bosque, pero no viene muy a menudo. Jamás en mi tiempo, ni en el tiempo de mi padre. Sin embargo, corre la voz de que ha vuelto. Está en Narnia en este momento y pondrá a la Reina en el lugar que le corresponde. Él va a salvar al señor Tumnus; no ustedes.

—¿Y no lo transformará en piedra? —preguntó Edmundo.

—¡Por Dios, Hijo de Adán! ¡Qué simpleza dices! —dijo el Castor y rió a carcajadas—. ¿Convertirlo *a él* en piedra? Si ella logra sostenerse en sus dos piernas y mirarlo a la cara, eso será lo más que pueda hacer y, en todo caso, mucho más de lo que yo creo. No, no. Él pondrá todo en orden, como dicen estos antiguos versos:

El mal se trocará en bien, cuando Aslan
[aparezca.
Ante el sonido de su rugido, las penas
[desaparecerán.
Cuando descubra sus dientes, el invierno
[encontrará su muerte.
Y cuando agite su melena, tendremos
[nuevamente primavera.

—Entenderán todo cuando lo vean —concluyó el Castor.

—Pero ¿lo veremos? —preguntó Lucía.

—Para eso los traje aquí, Hija de Eva. Los voy a guiar hasta el lugar adonde se encontrarán con él.

—¿Es..., es un hombre? —preguntó Lucía, dudando.

—¡Aslan, un hombre! —exclamó el Castor, con voz severa—. Ciertamente, no. Ya les dije que es el Rey del bosque y el hijo del gran Emperador-de-Más-Allá-del-Mar. ¿No saben quién es el Rey de los Animales? Aslan es un león... *El León*, el gran León.

—¡Oh! —exclamó Susana—. Pensé que era un hombre. Y él..., ¿se puede confiar en él? Creo que me sentiré bastante nerviosa al conocer a un león.

—Así será, cariño —dijo la señora Castora—. Eso es lo normal. Si hay alguien que pueda presentarse ante Aslan sin que le tiemblen las rodillas, o es más valiente que nadie en el mundo, o es, simplemente, un tonto.

—Entonces, es peligroso —dijo Lucía.

—¿Peligroso? —dijo el Castor—. ¿No oyeron lo que les dijo la señora Castora? ¿Quién ha dicho algo sobre peligro? ¡Por supuesto que es peligroso! Pero es bueno. Es el Rey, les aseguro.

—Estoy deseoso de conocerlo —dijo Pedro—. Aunque sienta miedo cuando llegue el momento.

—Eso está bien, Hijo de Adán —dijo el Castor, dando un manotazo tan fuerte sobre la mesa que hizo cascabelear las tazas y los platillos–. Lo conocerás. Corre la voz de que ustedes se reunirán con él, mañana si pueden, en la Mesa de Piedra.

–¿Dónde queda eso? –preguntó Lucía.

–Les mostraré el camino –dijo el Castor–. Es río abajo, bastante lejos de aquí. Los guiaré hacia él.

–Pero, entretanto, ¿qué pasará con el pobre señor Tumnus? –dijo Lucía.

–El modo más rápido de ayudarlo es ir a reunirse con Aslan –dijo el Castor–. Una vez que esté con nosotros, podemos comenzar a hacer algo. Pero esto no quiere decir que no los necesitemos a ustedes también. Hay otro antiguo poema que dice así:

Cuando la carne de Adán y los huesos de Adán
se sienten en el Trono de Cair Paravel,
los malos tiempos para siempre partirán.

–Por esto –agregó el Castor–, deducimos que todo está cerca del fin: él ha venido y ustedes también. Nosotros sabíamos de la venida de Aslan a estos lugares desde hace mucho tiempo. Nadie puede precisar cuándo. Pero nunca uno de la raza de ustedes se había visto antes por aquí, jamás.

–Eso es lo que yo no entiendo, señor –dijo Pedro–. La Bruja, ¿no es un ser humano?

–Eso es lo que ella quiere que creamos –dijo el

Castor–. Y precisamente en eso se basa ella para reclamar su derecho a ser reina. Pero ella no es Hija de Eva. Viene de Adán, el padre de ustedes... (aquí el Castor hizo una reverencia) y de su primera mujer, que ellos llaman Lilith. Ella era uno de los *Jinn*. Esto es por un lado. Por el otro, ella desciende de los gigantes. No, no. No hay una gota de sangre humana en la Bruja.

–Por eso ella es tan malvada –agregó la señora Castora.

–Verdaderamente –asintió el Castor–. Puede haber dos tipos de personas entre los humanos (sin pretender que esto sea una ofensa para quienes nos acompañan), pero no hay dos tipos para lo que parece humano y no lo es.

–Yo he conocido enanos buenos –dijo la señora Castora.

–Yo también, ahora que lo mencionas –dijo su marido–, aunque bastante pocos, y éstos eran los menos parecidos a los hombres. Pero, en general (oigan mi consejo), cuando conozcan algo que va a ser humano pero todavía no lo es, o que era humano y ya no lo es, o que debería ser humano y no lo es, mantengan los ojos fijos en él y el hacha en la mano. Por eso es que la Bruja siempre está vigilando que no haya humanos en Narnia. Ella los ha estado esperando por años, y si supiera que ustedes son cuatro, se tornaría mucho más peligrosa.

—¿Qué tiene que ver todo esto con lo que hablamos? —preguntó Pedro.

—Es otra profecía —dijo el Castor—. En Cair Paravel (el castillo que está en la costa, en la desembocadura de este río y donde tendría que estar la capital del país, si todo fuera como debería ser) hay cuatro tronos. En Narnia, desde tiempos inmemoriales, se dice que cuando dos Hijos de Adán y dos Hijas de Eva ocupen esos cuatro tronos, no sólo el reinado de la Bruja Blanca llegará a su fin sino también su vida. Por eso debíamos ser tan cautelosos en nuestro camino. Si ella supiera algo de ustedes cuatro, sus vidas no valdrían ni siquiera un pelo de mi barba.

Los niños estaban tan concentrados en lo que el Castor les estaba contando, que nada fuera de esto llamó su atención por un largo rato. Entonces, en un momento de silencio que siguió a las últimas palabras del Castor, Lucía preguntó sobresaltada:

—¿Dónde está Edmundo?

Hubo una pausa terrible y luego todos comenzaron a preguntar: "¿Quién había sido el último que lo vio? ¿Cuánto tiempo hacía que no estaba allí? ¿Estaría fuera de la casa?". Corrieron a la puerta. La nieve caía espesa y constantemente. Toda la superficie de hielo verde había desaparecido bajo un grueso manto blanco y desde el lugar donde se encontraba la pequeña casa, en el centro del dique, difícilmente se divisaba cualquiera de las dos orillas del río. Salieron y dieron vueltas alrededor de la casa en todas direcciones, mientras se hundían hasta las rodillas en la suave nieve recién caída. "¡Edmundo, Edmundo!", llamaron hasta quedar roncos. Pero el silencioso caer de la nieve parecía amortiguar sus voces y ni siquiera un eco les respondió.

—¡Qué horror! —exclamó Susana, cuando por fin

volvieron a entrar desesperados—. ¡Cómo me arrepiento de haber venido!

—¡Dios mío!... ¿Qué podemos hacer, señor Castor? —dijo Pedro.

—¿Hacer? —dijo el Castor, que ya se estaba poniendo las botas para la nieve—. ¿Hacer? Debemos irnos inmediatamente, sin perder un instante.

—Mejor será que nos dividamos en cuatro —dijo Pedro—, y así todos iremos en distintas direcciones. El que lo encuentre, deberá volver aquí de inmediato y...

—¿Dividirnos, Hijo de Adán? —preguntó el Castor—. ¿Para qué?

—Para encontrar a Edmundo, por supuesto —dijo Pedro, un tanto alterado.

—No vale la pena buscarlo a él —contestó el Castor.

—¿Qué quiere decir? —preguntó Susana—. No puede estar muy lejos y tenemos que encontrarlo. Pero ¿qué quiere decir usted con eso de que no servirá de nada buscarlo?

—La razón por la que les digo que no vale la pena buscarlo es porque todos sabemos dónde está.

Los niños lo miraron sorprendidos.

—¿No entienden? —insistió el Castor—. Se ha ido con ella, con la Bruja Blanca. Nos traicionó a todos.

—¡Oh..., imposible! Él no puede haber hecho eso —exclamó Susana.

—¿No puede? —dijo el Castor mirando duramente a los tres niños.

Todo lo que ellos querían decir murió en sus labios. Cada uno tuvo, de pronto, la certeza de que era eso, exactamente, lo que Edmundo había hecho.

—Pero ¿conocerá siquiera el camino? —preguntó Pedro.

El Castor contestó con otra pregunta:

—¿Había estado aquí antes? ¿Había estado alguna vez él solo aquí?

—Sí —dijo Lucía, casi en un murmullo—; me temo que sí.

—¿Y les contó lo que había hecho o con quién se había encontrado?

—No, no lo hizo —dijo Pedro.

—Tomen nota de mis palabras entonces —dijo el Castor—. Conoció a la Bruja Blanca, está de su parte, y sabe dónde vive. No quise mencionar esto antes (después de todo él es hermano de ustedes), pero en el momento en que puse mis ojos en ese niño, me dije a mí mismo: "Es un traidor". Tenía la mirada de los que han estado con la Bruja Blanca y han probado su comida. Si uno ha vivido largo tiempo en Narnia, los distingue de inmediato. Hay algo en sus ojos, en su modo de mirar.

—Igual tenemos que buscarlo —dijo Pedro con voz ahogada—. Es nuestro hermano, a pesar de todo, aunque esté actuando como una pequeña bestia. Es sólo un niño.

—¿Ir a casa de la Bruja? —dijo la señora Castora—. ¿No ven que la única manera de salvarlo a él o de salvarse ustedes es permanecer lejos de ella?

—¿Qué quiere decir, señora Castora? —dijo Lucía.

—Todo lo que ella desea en este mundo es atraparlos a ustedes, a los cuatro. Ella siempre está pensando en esos cuatro tronos de Cair Paravel. Una vez que se encuentren dentro de su casa, su trabajo estará concluido..., y habrá cuatro nuevas estatuas en su colección, antes de que ustedes puedan siquiera hablar. En cambio, ella mantendrá vivo a su hermano, mientras sea el único que ella tiene, porque lo usará como señuelo, como carnada para atraparlos a todos.

—¡Oh! ¿Y nadie podrá ayudarnos?

—Sólo Aslan —dijo el Castor—. Tenemos que ir a su encuentro de inmediato. Es nuestra única posibilidad.

—A mí me parece importante, queridos amigos —dijo la señora Castora—, saber en qué momento escapó Edmundo. Lo que pueda informarle a ella depende de cuánto haya oído. Por ejemplo, ¿habíamos hablado de Aslan antes de que se fuera? Si no lo oyó, estaríamos bien, pues ella no sabe que Aslan ha venido a Narnia, ni que planeamos encontrarnos con él. Así la cogeremos completamente desprevenida en ese sentido.

—No recuerdo si él estaba aquí cuando hablamos de Aslan... —comenzó a decir Pedro, pero Lucía lo interrumpió.

—¡Oh, sí! Estaba —dijo sintiéndose realmente enferma—. ¿No te acuerdas de que fue él quien preguntó si la Bruja podría transformar a Aslan en piedra?

—¡Claro que sí! —dijo Pedro—. Exactamente la clase de cosas que él dice, por cierto.

—De mal en peor —dijo el Castor—. Y luego está

este otro punto: ¿Se acuerdan de si él estaba aquí cuando hablamos de encontrar a Aslan en la Mesa de Piedra?

Nadie supo cuál era la respuesta a esa pregunta.

—Porque si él estaba —continuó el Castor—, entonces ella se dirigirá en su trineo en esa dirección y se interpondrá entre nosotros y la Mesa de Piedra. Nos descubrirá en el camino y de hecho, imposibilitará nuestro encuentro con Aslan.

—No es eso lo que ella hará primero —dijo la señora Castora—. No, si la conozco bien. En el preciso instante en que Edmundo le cuente que ustedes están aquí, saldrá a buscarlos; esta misma noche. Como él debe haber partido hace ya cerca de media hora, ella llegará en unos veinte minutos más.

—Tienes razón —dijo su marido—. Tenemos que salir todos de aquí inmediatamente. No hay un minuto que perder.

CAPÍTULO 9

EN CASA DE LA BRUJA

AHORA, POR SUPUESTO, USTEDES quieren saber qué le había sucedido a Edmundo. Había comido de todo en la casa del Castor, pero no pudo gozar de nada, porque durante ese tiempo sólo pensó en las *delicias turcas*, y no hay nada que eche a perder más el gusto de una buena comida como el recuerdo de otra comida mágica pero perversa. También había escuchado la conversación, la cual tampoco le agradó mucho porque él seguía convencido de que los demás no lo tomaban en cuenta ni le hacían ningún caso. A decir verdad, no era así, pero lo imaginaba.

Escuchó lo que hablaban hasta el momento en que el Castor se refirió a Aslan y a los preparativos para encontrarlo en la Mesa de Piedra. Fue entonces cuando comenzó a avanzar muy despacio y disimuladamente hacia la cortina que colgaba sobre la puerta. El nombre de Aslan le provocaba un sentimiento misterioso de horror, así como en los demás producía sólo sensaciones agradables.

Cuando el Castor les repetía el verso sobre *La carne de Adán y los huesos de Adán*, justo en ese momento Edmundo daba vuelta silenciosamente a la manija de la puerta. Antes de que el Castor les relatara que la Bruja no era realmente humana, sino mitad gigante y mitad *Jinn*, Edmundo salió de la casa, y con el mayor cuidado cerró la puerta tras él.

A pesar de todo, ustedes no deben pensar que Edmundo era tan malvado como para desear que sus hermanos fueran transformados en piedra. Lo que sí quería era comer *delicias turcas* y llegar a ser príncipe (y, más tarde, rey) y, también, desquitarse con Pedro por haberlo llamado "animal".

En cuanto a lo que la Bruja pudiera hacer a los demás, no quería que fuera muy amable con sus hermanos —no quería, por supuesto, que los pusiera a la misma altura que a él—, pero creía, o trataba de convencerse de que ella no les haría nada especialmente malo. "Porque —se dijo— todas esas personas que hablan mal de ella y cuentan cosas horribles, son sus enemigos. A lo mejor ni siquiera la mitad de lo que dicen es verdad. Fue muy encantadora conmigo, mucho más que todos ellos. Confío en que ella es, verdaderamente, la Reina legítima. ¡De todas maneras, debe de ser mejor que el temible Aslan!".

Al fin, ésa fue la excusa que elaboró en su

propia mente. Sin embargo no era una buena excusa, pues en lo más profundo de su ser sabía que la Bruja Blanca era mala y cruel.

Cuando Edmundo salió, lo primero que vio fue la nieve que caía alrededor de él; se dio cuenta entonces de que había dejado su abrigo en casa del Castor y, por supuesto, ahora no tenía ninguna posibilidad de volver a buscarlo. Ése fue su primer tropiezo. Luego advirtió que la luz del día casi había desaparecido. Eran cerca de las tres de la tarde en el momento en que se habían sentado a comer, y en el invierno los días son muy cortos. No había contado con este problema; tendría que arreglárselas lo mejor que pudiera. Se subió el cuello y caminó por el dique (afortunadamente no estaba tan resbaladizo desde que había nevado) hacia la lejana ribera del río.

Cuando llegó a la orilla, las cosas se pusieron peores. Estaba cada vez más oscuro, y esto, junto a los copos de nieve que caían a su alrededor como un remolino, no lo dejaba ver a más de tres pies delante de él. Tampoco existía un camino. Se deslizó muy profundamente por montones de nieve, se arrastró por lodazales helados, tropezó con árboles caídos, resbaló en la ribera del río, golpeó sus piernas contra las rocas... hasta que estuvo empapado, muerto de frío y completamente magullado. El silencio y la soledad eran aterradores. Realmente creo que podría haber olvidado su plan y regresado para recuperar la amistad de los demás, si no se le hubiera ocurrido decirse a sí mismo: "Cuando sea rey de Narnia, lo primero que haré será construir buenos caminos". Por supuesto, la idea de ser rey y de todas las cosas que podría hacer, le dio bastante ánimo.

En su mente decidió qué clase de palacio tendría, cuántos autos; pensó con lujo de detalles en cómo sería tener su propia sala de cine; por dónde correrían los principales trenes; las leyes que dictaría contra los castores y sus diques... Estaba dando los toques finales a algunos proyectos para mantener a Pedro en su lugar, cuando el tiempo cambió. Primero dejó de nevar. Luego se levantó un viento huracanado y sobrevino un frío intenso que congelaba hasta los huesos. Finalmente las nubes se abrieron y apareció la luna. Había luna llena y brillaba de tal forma sobre la nieve que todo se iluminó como si fuera de día. Sólo las sombras producían cierta confusión.

Si la luna no hubiera aparecido en el momento en que llegaba al otro río, Edmundo nunca habría encontrado el camino. Ustedes recordarán que él había visto (cuando llegaron a la casa del Castor) un pequeño río que, allá abajo, desembocaba en el río grande. Ahora había llegado hasta allí y debía continuar por el valle. Pero éste era mucho más abrupto y rocoso que el que acababa de dejar. Estaba tan lleno de matorrales y arbustos, que si hubiera estado oscuro no habría podido avanzar. Incluso así, el niño se empapó porque debía caminar inclinado para pasar bajo las ramas y éstas estaban cargadas de nieve, y la nieve se deslizaba continuamente y en grandes cantidades sobre su espalda. Cada vez que esto sucedía, pensaba más y más en cuánto odiaba a Pedro..., como si realmente todo lo que le pasaba fuera culpa de él.

Al fin llegó a un lugar en el que la superficie era más suave y lisa, y donde el valle se abría. Allí, al otro lado del río, bastante cerca de él, en el centro de un pequeño plano entre dos colinas, vio lo que debía de ser la casa de la Bruja Blanca. La luna alumbraba ahora más que nunca. La casa era en realidad un castillo con una infinidad de torres. Pequeñas torres largas y puntiagudas se alzaban al cielo como delgadas agujas. Parecían inmensos conos o gorros de bruja. Brillaban a la luz de la luna y sus largas sombras se veían muy extrañas

en la nieve. Edmundo comenzó a sentir miedo de
esa casa.

Pero era demasiado tarde para pensar en
regresar. Cruzó el río sobre el hielo y se dirigió al
castillo. Nada se movía; no se oía ni el más leve
ruido en ninguna parte. Incluso sus propios pasos
eran silenciados por la nieve recién caída. Caminó
y caminó, dio la vuelta a una esquina tras otra de
la casa, pasó torrecilla tras torrecilla... Tuvo que
rodear el lado más lejano antes de encontrar la
puerta de entrada. Era un inmenso arco con
grandes rejas de hierro que estaban abiertas de
par en par. Edmundo se acercó cautelosamente y
se escondió tras el arco. Desde allí miró el patio,
donde vio algo que casi paralizó los latidos de su
corazón. Dentro de la reja se encontraba un
inmenso león; estaba encogido sobre sus patas
como si estuviera a punto de saltar. La luz de la
luna brillaba sobre el animal. Oculto en la sombra
del arco, Edmundo no sabía qué hacer. Sus rodi-

llas temblaban y continuar el camino lo asustaba tanto como regresar. Permaneció allí tanto rato que sus dientes habrían castañeteado de frío si no hubieran castañeteado antes de miedo. ¿Por cuántas horas se prolongó esta situación? Realmente no lo sé, pero para Edmundo fue como una eternidad.

Por fin se preguntó por qué el león estaba tan inmóvil. No se había movido ni una pulgada desde que lo descubrió. Se aventuró un poco más adentro, pero siempre se mantuvo en la sombra del arco, tanto como le fue posible. Ahora observó que, por la posición del león, no podía haberlo visto. ("Pero ¿y si volviera la cabeza?", pensó Edmundo.) En efecto, el león miraba fijamente hacia otra cosa..., miraba a un pequeño enano que le daba la espalda y que se encontraba a poco más de cuatro pies de distancia.

—¡Ajá! —murmuró Edmundo—. Cuando el león salte sobre el enano, yo tendré la oportunidad de escapar.

Sin embargo, el león no se movió y tampoco lo hizo el enano. Y ahora, por fin, Edmundo se acordó de lo que le habían contado: la Bruja Blanca transformaba a sus enemigos en piedra. A lo mejor éste no era más que un león de piedra. Y tan pronto como pensó en esto, advirtió que la espalda del animal, así como su cabeza, estaba cubierta de nieve. ¡Efectivamente era una estatua!

Ningún animal vivo se habría quedado tan tranquilo mientras se cubría de nieve. Entonces, muy lentamente y con el corazón latiendo como si fuera a estallar, Edmundo se arriesgó a acercarse al león. Casi no se atrevía a tocarlo, hasta que, por fin, rápidamente puso una mano sobre él. ¡Era sólo una fría piedra! ¡Había estado aterrado por una simple estatua!

El alivio fue tan grande que, a pesar del frío, Edmundo sintió que una ola de calor lo invadía hasta los pies. Al mismo tiempo acudió a su mente una idea que le pareció la más perfecta y maravillosa: "Probablemente, éste es Aslan, el gran León. Ella ya lo atrapó y lo convirtió en estatua de piedra. ¡Éste es el final de todas esas magníficas esperanzas depositadas en él! ¡Bah! ¿Quién le tiene miedo a Aslan?".

Se quedó ahí, rondando la estatua, y repentinamente hizo algo muy tonto e infantil. Sacó un lápiz de su bolsillo y dibujó unos feos bigotes sobre el labio superior del león y un par de anteojos sobre sus ojos. Entonces dijo:

—¡Ya! ¡Aslan, viejo tonto! ¿Qué tal te sientes convertido en piedra? ¿Te creías muy poderoso, eh?

A pesar de los garabatos, la gran bestia de piedra se veía tan triste y noble, con su mirada dirigida hacia la luna, que Edmundo no consiguió divertirse con sus propias burlas. Se dio media vuelta y comenzó a cruzar el patio.

Ya traspasaba el centro cuando advirtió que en ese lugar había docenas de estatuas: sátiros de piedra, lobos de piedra, osos, zorros, gatos monteses de piedra..., todas inmóviles como si se tratara de las piezas en un tablero de ajedrez, cuando el juego está a mitad de camino. Había figuras encantadoras que parecían mujeres, pero eran, en realidad, los espíritus de los árboles. Allí se encontraban también la gran figura de un centauro, un caballo alado y una criatura larga y flexible que Edmundo tomó por un dragón. Se veían todos tan extraños parados allí, como si estuvieran vivos y completamente inmóviles, bajo el frío brillo de la luz de la luna. Todo era tan misterioso, tan espectral, que no era nada fácil cruzar ese patio.

Justo en el centro había una figura enorme. Aunque tan alta como un árbol, tenía forma de hombre, con una cara feroz, una barba hirsuta y una gran porra en su mano derecha. A pesar de que Edmundo sabía que ese gigante era sólo una piedra y no un ser vivo, no le agradó en absoluto pasar a su lado.

En ese momento vio una luz tenue que mostraba el vano de una puerta en el lado más alejado del patio. Caminó hacia ese lugar. Se encontró con unas gradas de piedra que conducían hasta una puerta abierta. Edmundo subió. Atravesado en el umbral yacía un enorme lobo.

—¡Está bien! ¡Está bien! —murmuró—. Es sólo otro lobo de piedra. No puede hacerme ningún daño.

Alzó un pie para pasar sobre él. Instantáneamente el enorme animal se levantó con el pelo erizado sobre el lomo y abrió una enorme boca roja.

—¿Quién está ahí? ¿Quién está ahí? ¡Quédate quieto, extranjero, y dime quién eres! —gruñó.

—Por favor, señor —dijo Edmundo; temblaba de tal forma que apenas podía hablar—; mi nombre es Edmundo y soy el Hijo de Adán que su Majestad encontró en el bosque el otro día. Yo he venido a traerle noticias de mi hermano y mis hermanas.

Están ahora en Narnia..., muy cerca, en la casa del Castor. Ella..., ella quería verlos.

—Se lo diré a su Majestad —dijo el Lobo—. Mientras tanto, quédate quieto aquí, en el umbral, si en algo valoras tu vida.

Entonces desapareció dentro de la casa. Edmundo permaneció inmóvil y esperó con los dedos adoloridos por el frío y el corazón que martillaba en su pecho. Pronto, el lobo gris, Maugrim, el jefe de la policía secreta de la Bruja, regresó de un salto y le dijo:

—¡Entra! ¡Entra! Eres el afortunado favorito de la Reina... o quizás no tan afortunado.

Edmundo entró con mucho cuidado para no pisar las garras del lobo. Se encontró en un salón lúgubre y largo, con muchos pilares. Al igual que el patio, estaba lleno de estatuas. La más cercana a la puerta era la de un pequeño fauno con una expresión muy triste. Edmundo no pudo menos que preguntarse si éste no sería el amigo de Lucía. La única luz que había allí provenía de una pequeña lámpara, tras la cual estaba sentada la Bruja Blanca.

—He regresado, su Majestad —dijo Edmundo, adelantándose hacia ella.

—¿Cómo te atreves a venir solo? —dijo la Bruja con una voz terrible—. ¿No te dije que debías traer a los otros contigo?

—Por favor, su Majestad —dijo Edmundo—, hice

lo que pude. Los he traído hasta muy cerca. Están en la pequeña casa, en lo más alto del dique sobre el río, con el señor y la señora Castor.

Una sonrisa lenta y cruel se dibujó en el rostro de la Bruja.

—¿Ésas son todas tus noticias?

—No, su Majestad —dijo Edmundo, y le contó todo lo que había escuchado antes de abandonar la casa del Castor.

—¡Qué! ¿Aslan? —gritó la Reina—. ¿Aslan? ¿Es cierto eso? Si descubro que me has mentido...

—Por favor..., sólo repito lo que ellos dijeron —tartamudeó Edmundo. Pero la Reina, que ya no lo escuchaba, dio una palmada. De inmediato apareció el mismo enano que Edmundo había visto antes con ella.

—Prepara nuestro trineo —ordenó la Bruja—, y usa los arneses sin campanas.

CAPÍTULO 10

EL HECHIZO COMIENZA A ROMPERSE

AHORA DEBEMOS VOLVER DONDE EL señor y la señora Castor y los otros tres niños. Tan pronto como el Castor dijo: "No hay tiempo que perder", todos comenzaron a ponerse sus abrigos, excepto la señora Castora. Ella tomó unos sacos y los dejó sobre la mesa.

—Ahora, señor Castor —dijo—, bájame ese jamón. Aquí hay un paquete de té, azúcar y fósforos. Si alguien quiere, puede tomar dos o tres panes de esa vasija, allá, en el rincón.

—¿Qué hace, señora Castora? —preguntó Susana.

—Preparo una bolsa para cada uno de nosotros, cariño —dijo con voz serena—. ¿Ustedes no han pensado que estaremos afuera durante una jornada sin nada que comer?

—¡Pero no tenemos tiempo! —replicó Susana, abotonando el cuello de su abrigo—. Ella puede llegar en cualquier momento.

—Eso es lo que yo digo —intervino el Castor.

—Adeléntate con todos ellos —le dijo calmadamente su mujer—. Pero piénsalo con tranquilidad: ella no puede llegar hasta aquí por lo menos hasta un cuarto de hora más.

—Pero ¿no es mejor que tengamos la mayor ventaja posible —dijo Pedro— para llegar a la Mesa de Piedra antes que ella?

—Usted tiene que recordar eso, señora Castora —dijo Susana—. Tan pronto como ella descubra que no estamos aquí, se irá hacia allá con la mayor velocidad.

—Eso es lo que ella hará —dijo la señora Castora—. Pero nosotros no podremos llegar antes que ella, hagamos lo que hagamos, porque ella viajará en su trineo y nosotros iremos a pie.

—Entonces..., ¿no tenemos ninguna esperanza? —preguntó Susana.

—¡Por Dios! ¡No te pongas nerviosa ahora! —exclamó la señora Castora—. Toma inmediatamente media docena de pañuelos de ese cajón... ¡Claro que tenemos esperanzas! Es imposible llegar antes que ella, pero podemos mantenernos a cubierto, avanzar de una manera inesperada para ella y, a lo mejor, logramos llegar.

—Muy cierto, señora Castora —dijo su marido—. Pero ya es hora de que salgamos de aquí.

—¡No empieces tú también a molestar! —dijo ella—. Así está mejor. Aquí están las bolsas. La más pequeña, para la menor de todos nosotros. Ésa eres tú, cariño —agregó mirando a Lucía.

—¡Oh! ¡Por favor, vamos! —dijo Lucía.

—Bien, estoy casi lista —contestó la señora Castora, y al fin permitió que su marido la ayudara a ponerse las botas para la nieve—. Me imagino que la máquina de coser es demasiado pesada para llevarla...

—Sí, lo es —dijo el Castor—. Mucho más que demasiado pesada. No pretenderás usarla durante la fuga, supongo...

—No puedo siquiera soportar la idea de que esa Bruja la toque —dijo la señora Castora—, o la rompa o se la robe..., lo crean o no.

—¡Oh, por favor, por favor, por favor! ¡Apresúrese! —exclamaron los tres niños.

Por fin salieron y el Castor echó llave a la puerta ("Esto la demorará un poco", dijo) y se fueron. Cada uno llevaba su bolsa sobre los hombros.

Había dejado de nevar y la luna salía cuando ellos comenzaron la marcha. Caminaban en una fila..., primero el Castor; lo seguían Lucía, Pedro y Susana, en ese orden. La última era la señora Castora.

El Castor los condujo a través del dique, hacia la orilla derecha del río. Luego, entre los árboles y a lo largo de un sendero muy escabroso, descendieron por la ribera. Ambos lados del valle, que brillaban bajo la luz de la luna, se elevaron sobre ellos.

—Lo mejor es que continuemos por este sendero mientras sea posible —dijo el Castor—. Ella tendrá que mantenerse en la cima, porque nadie puede conducir un trineo aquí abajo.

Habría sido una escena magnífica si se la hubiera mirado a través de una ventana y desde un cómodo sillón. Incluso, a pesar de las circunstancias, Lucía se sintió maravillada en un comienzo. Pero como luego caminaron..., caminaron y caminaron, y el saco que cargaba a su espalda se le hizo más y más pesado, empezó a preguntarse si sería capaz de continuar así. Se detuvo y miró la increíble luminosidad del río helado, con sus caídas de agua convertidas en hielo, los blancos conjuntos de árboles nevados, la enorme y brillante luna, las incontables estrellas..., pero sólo pudo ver delante de ella las cortas piernas del Castor que iban —*pad-pad-pad-pad*— sobre la nieve como si nunca fueran a detenerse.

La luna desapareció y comenzó nuevamente a nevar. Lucía estaba tan cansada que casi dormía al mismo tiempo que caminaba. De pronto se dio cuenta de que el Castor se alejaba de la ribera del río hacia la derecha y los llevaba cerro arriba por una empinada cuesta, en medio de espesos matorrales.

Tiempo después, cuando ella despertó por completo, alcanzó a ver que el Castor desaparecía en una pequeña cueva de la ribera, casi totalmente oculta bajo los matorrales y que no se veía a menos que uno estuviera sobre ella. En efecto, en el momento en que la niña se dio cuenta de lo que sucedía, ya sólo asomaba la ancha y corta cola de Castor. Lucía se detuvo de inmediato y se arrastró después de él. Entonces, tras ella oyó ruidos de gateos, resoplidos y palpitaciones, y en un momento los cinco estuvieron adentro.

–¿Qué lugar es éste? –preguntó Pedro con voz que sonaba cansada y pálida en la oscuridad. (Espero que ustedes sepan lo que yo quiero decir con eso de una voz que suena pálida.)

–Es un viejo escondite para castores, en malos tiempos –dijo el señor Castor–, y un gran secreto. El lugar no es muy cómodo, pero necesitamos algunas horas de sueño.

–Si todos ustedes no hubieran organizado ese tremendo e insoportable alboroto antes de partir, yo podría haber traído algunos cojines —dijo la Castora.

Lucía pensaba que esa cueva no era nada agradable, menos aún si se la comparaba con la del señor Tumnus... Era sólo un hoyo en la tierra, seco, polvoriento y tan pequeño que, cuando todos se tendieron, se produjo una confusión de pieles y ropa alrededor de ellos. Pero, a pesar de todo, estaban abrigados y, después de esa larga caminata, se sentían allí bastante cómodos. ¡Si sólo el suelo de la cueva hubiera sido más blando!

En medio de la oscuridad, la Castora tomó un pequeño frasco y lo pasó de mano en mano para que los cinco bebieran un poco... La bebida provocaba tos, hacía farfullar y picaba en la garganta; sin embargo uno se sentía maravillosamente bien después de haberla tomado... Y todos se quedaron profundamente dormidos.

A Lucía le pareció que sólo había transcurrido un minuto (a pesar de que realmente fue horas y horas más tarde) cuando despertó. Se sentía algo helada, terriblemente tiesa y añoraba un baño caliente. Le pareció que unos largos bigotes rozaban sus mejillas y vio la fría luz del día que se filtraba por la boca de la cueva.

Instantes después ella estaba completamente despierta, al igual que los demás. En efecto, todos se encontraban sentados, con los ojos y las bocas muy abiertos, escuchando un sonido..., precisamente el sonido que ellos creían (o imaginaban) haber oído durante la caminata de la noche anterior. Era un sonido de campanas.

En cuanto las escuchó, el Castor, como un rayo, saltó fuera de la cueva. A lo mejor a ustedes les parece, como Lucía pensó por un momento, que ésta era la mayor tontería que podía hacer. Pero, en realidad, era algo muy bien pensado. Sabía que podía trepar hasta la orilla del río entre las zarzas y los arbustos, sin ser visto, pues, por encima de todo, quería ver qué camino tomaba el trineo de la Bruja. Sentados en la cueva, los demás esperaban ansiosos. Transcurrieron cerca de cinco minutos. Entonces escucharon voces.

—¡Oh! —susurró Lucía—. ¡Lo han visto! ¡Ella lo ha atrapado!

La sorpresa fue grande cuando, un poco más tarde, oyeron la voz del Castor que los llamaba desde afuera.

—¡Todo está bien! —gritó—. ¡Salga, señora Castora! ¡Salgan, Hijos e Hijas de Adán y Eva! Todo está bien. No es *suya*.

Por supuesto que eso era un atentado contra la gramática, pero así hablan los castores cuando están excitados; quiero decir en Narnia..., en nuestro mundo ellos no hablan...

La señora Castora y los niños se atropellaron para salir de la cueva. Todos pestañearon a la luz del día. Estaban cubiertos de tierra, desaliñados, despeinados y con el sueño reflejado en los ojos.

—¡Vengan! —gritaba el Castor, que casi bailaba de gusto—. ¡Vengan a ver! ¡ Éste es un golpe feo para la Bruja! Parece que su poder se está desmoronando.

—¿Qué quiere decir, señor Castor? —preguntó Pedro anhelante, mientras todos juntos trepaban por la húmeda ladera del valle.

—¿No les dije —respondió el Castor— que ella mantenía siempre el invierno y no había nunca Navidad? ¿No se lo dije? ¡Bien, vengan a mirar ahora!

Todos estaban ahora en lo alto y vieron...

Era un trineo y *eran* renos con campanas en sus arneses. Pero éstos eran mucho más grandes que los renos de la Bruja, y no eran blancos sino de color café. En el asiento del trineo se encontraba una persona a quien reconocieron en el mismo instante en que la vieron. Era un hombre muy grande con traje rojo (brillante como la fruta del acebo), con un capuchón forrado de piel y una barba blanca que caía como una cascada sobre su pecho. Todos lo conocían porque, aunque a esta clase de personas sólo se las ve en Narnia, sus retratos circulan incluso en nuestro mundo..., en el mundo *a este lado* del armario. Pero cuando ustedes los ven realmente en Narnia, es algo muy diferente. Algunos de los retratos de Papá Noel en nuestro mundo muestran sólo una imagen divertida y feliz. Pero ahora los niños, que lo miraban fijamente, pensaron que era muy distinto..., tan grande, tan alegre, tan real. Se quedaron inmóviles y se sintieron muy felices, pero también muy solemnes.

—He venido por fin —dijo él—. Ella me ha mantenido fuera de aquí por un largo tiempo, pero al fin logré entrar. Aslan está en movimiento. La magia de ella se está debilitando.

Lucía sintió un estremecimiento de profunda alegría. Algo que sólo se siente si uno es solemne y guarda silencio.

—Ahora —dijo Papá Noel—, sus regalos. Aquí hay una máquina de coser nueva y mejor para usted, señora Castora. Se la dejaré en su casa, al pasar.

—Por favor, señor —dijo la Castora haciendo una reverencia—, mi casa está cerrada.

—Las cerraduras y los pestillos no tienen importancia para mí —contestó Papá Noel—. Usted, señor Castor, cuando regrese a su casa encontrará su dique terminado y reparado, con todas las goteras arregladas. También le colocaré una nueva compuerta.

El Castor estaba tan complacido que abrió la boca muy grande y descubrió entonces que no podía decir ni una palabra.

—Tú, Pedro, Hijo de Adán —dijo Papá Noel.

—Aquí estoy, señor.

—Estos son tus regalos. Son herramientas y no juguetes. El tiempo de usarlos tal vez se acerca. Consérvalos bien.

Con estas palabras entregó a Pedro un escudo y una espada. El escudo era del color de la plata y en él aparecía la figura de un león rampante, rojo y brillante como una fresa madura. La empuñadura de la espada era de oro, y ésta tenía un estuche, un cinturón y todo lo necesario. Su tamaño y su peso eran los adecuados para Pedro. Éste se mantuvo silencioso y muy solemne mientras recibía sus regalos, pues se daba perfecta cuenta de que éstos eran muy importantes.

—Susana, Hija de Eva —dijo Papá Noel—. Éstos son para ti.

Y le entregó un arco, un carcaj lleno de flechas y un pequeño cuerno de marfil.

—Tú debes usar el arco sólo en caso de extrema necesidad —le dijo—, porque yo no pretendo que luches en batalla. Éste no falla fácilmente. Cuando lleves el cuerno a los labios y soples, dondequiera que estés, alguna ayuda vas a recibir.

Por último dijo:

—Lucía, Hija de Eva.

Lucía se acercó a él.

Le dio una pequeña botella que parecía de vidrio (pero la gente dijo más tarde que era de diamante) y una pequeña daga.

—En esta botella —le dijo— hay una bebida confortante, hecha del jugo de la flor del fuego que crece en la montaña del sol. Si tú o alguno de tus amigos es herido, con unas gotas se restablecerá. La daga es para que te defiendas cuando realmente lo necesites. Porque tú tampoco vas a estar en la batalla.

—¿Por qué no, señor? —preguntó Lucía—. Yo pienso..., no lo sé..., pero creo que puedo ser suficientemente valiente.

—Ése no es el punto —le contestó Papá Noel—. Las batallas son horribles cuando luchan las mujeres. Ahora —de pronto su aspecto se vio menos grave—, aquí tienen algo para este momento y para todos.

Sacó (yo supongo que de una bolsa que guardaba detrás de él, pero nadie vio bien lo que él hacía) una gran bandeja que contenía cinco tazas con sus platillos, un azucarero, un jarro de crema y una enorme tetera silbante e hirviente. Entonces gritó:

—¡Feliz Navidad! ¡Viva el verdadero rey!

Hizo chasquear el látigo en el aire, y él y los renos desaparecieron de la vista de todos antes de que nadie se diera cuenta de su partida.

Pedro había desenvainado su espada para mostrársela al Castor, cuando la señora Castora dijo:

—Ahora, pues..., no se queden ahí parados

mientras el té se enfría. ¡Todos los hombres son iguales! Vengan y ayuden a traer la bandeja, aquí, abajo, y tomaremos el desayuno. ¡Qué acertada estuve al acordarme de traer el cuchillo del pan!

Descendieron por la húmeda ribera y volvieron a la cueva; el Castor cortó el pan y el jamón para unos emparedados y la señora Castora sirvió el té. Todos se sintieron realmente contentos. Pero demasiado pronto, mucho antes de lo que hubieran deseado, el Castor dijo:

—Ya es tiempo de que nos pongamos en marcha. Ahora.

CAPÍTULO 11

ASLAN ESTÁ CERCA

MIENTRAS TANTO, EDMUNDO VIVÍA momentos de gran desilusión. Cuando el enano salió para preparar el trineo, creyó que la Bruja se comportaría amablemente con él, igual que en su primer encuentro. Pero ella no habló. Por fin Edmundo se armó de valor y le dijo:

—Por favor, su Majestad, ¿podría darme algunas *delicias turcas*? Usted..., usted..., dijo...

—¡Silencio, mentecato!

Luego ella pareció cambiar de idea y dijo como para sus adentros:

—Tampoco me servirá de mucho que este rapaz desfallezca en el camino...

Dio otra palmada y otro enano apareció.

—Tráele algo de comer y de beber a esta criatura humana —ordenó.

El enano se fue y volvió rápidamente. Traía un tazón de hierro con un poco de agua y un plato, también de hierro, con una gruesa rebanada de

pan duro. Sonrió de un modo repulsivo, puso todo
en el suelo al lado de Edmundo, y dijo:

—*Delicias turcas* para el principito. ¡Ja, ja, ja!

—Lléveselo —dijo Edmundo, malhumorado—. No
quiero pan duro.

Pero repentinamente la Bruja se volvió hacia
él con una expresión tan fiera en su rostro que
Edmundo comenzó a disculparse y a comer peda-
citos de pan, aunque estaba tan añejo que casi no
lo podía tragar.

—Deberías estar muy contento con esto, pues
pasará mucho tiempo antes de que pruebes el pan
nuevamente —dijo la Bruja.

Mientras todavía masticaba, volvió el primer
enano y anunció que el trineo estaba preparado.
La Bruja se levantó y, ordenando a Edmundo que
la siguiera, salió. Nuevamente nevaba cuando lle-

garon al patio, pero ella, sin fijarse siquiera, indicó a Edmundo que se sentara a su lado en el trineo. Antes de partir, llamó a Maugrim, quien acudió dando saltos como un perro y se detuvo junto al trineo.

—¡Tú! Reúne a tus lobos más rápidos y anda de inmediato hasta la casa del Castor —dijo la Bruja—. Mata a quien encuentres allí. Si ellos se han ido, vayan a toda velocidad a la Mesa de Piedra, pero no deben ser vistos. Espérenme allí, escondidos. Mientras tanto yo debo ir muchas millas hacia el oeste antes de encontrar un paso para cruzar el río. Pueden alcanzar a estos humanos antes de que lleguen a la Mesa de Piedra. ¡Ya saben qué hacer con ellos si los encuentran!

—Escucho y obedezco, ¡oh, Reina! —gruñó el Lobo.

Inmediatamente salió disparado, tan rápido como galopa un caballo. En pocos minutos había llamado a otro lobo y momentos después ambos estaban en el dique y husmeaban la casa del Castor. Por supuesto, la encontraron vacía. Para el Castor, su mujer y los niños habría sido horroroso si la noche se hubiera mantenido clara, porque los lobos podrían haber seguido sus huellas... con todas las posibilidades de alcanzarlos antes de que ellos llegaran a la cueva. Pero ahora había comenzado nuevamente a nevar y todos los rastros y pisadas habían desaparecido.

Mientras tanto el enano azotaba a los renos y el trineo salía llevando a la Bruja y a Edmundo. Pasaron bajo el arco y luego siguieron adelante en medio del frío y de la oscuridad. Para Edmundo, que no tenía abrigo, fue un viaje horrible. Antes de un cuarto de hora de camino estaba cubierto de nieve... Muy pronto dejó de sacudírsela de encima, pues en cuanto lo hacía, se acumulaba nuevamente sobre él. Era en vano y estaba tan cansado... En poco rato estuvo mojado hasta los huesos. ¡Oh, qué desdichado era! Ya no creía, en absoluto, que la Reina tuviera intención de hacerlo rey. Todo lo que ella le había dicho para hacerle creer que era buena y generosa y que su lado era realmente el lado bueno, le parecía estúpido. En ese momento habría dado cualquier cosa por juntarse con los demás..., ¡incluso con Pedro! Su único consuelo consistía en pensar que todo esto era sólo un mal sueño del que despertaría en cualquier momento. Y como siguieron adelante hora tras hora, todo llegó a parecerle como si efectivamente fuera un sueño.

Esto se prolongó mucho más de lo que yo podría describir, aunque utilizara páginas y páginas para relatarlo. Por eso, prefiero pasar directamente al momento en que dejó de nevar cuando llegó la mañana, y ellos corrían velozmente a la luz del día. Los viajeros seguían adelante, sin hacer ningún ruido, excepto el perpetuo silbido de la nieve y el crujido de los arneses de los renos. Y entonces, al fin, la Bruja dijo:

—¿Qué tenemos aquí? ¡Alto!

Y se detuvieron.

Edmundo esperaba con ansias que ella dijera algo sobre la necesidad de desayunar. Pero eran muy diferentes las razones que la habían hecho detenerse. Un poco más allá, a los pies de un árbol, se desarrollaba una alegre fiesta. Una pareja de ardillas con sus hijos, dos sátiros, un enano y un viejo zorro estaban sentados en el suelo alrededor de una mesa. Edmundo no alcanzaba a ver lo que comían, pero el aroma era muy tentador. Le parecía divisar algo como un pudín de ciruelas y también decoraciones de acebo. Cuando el trineo se detuvo, el Zorro, que era evidentemente el más anciano, se estaba levantando con un vaso en la mano como si fuera a pronunciar unas palabras. Pero cuando todos los que se encontraban en la fiesta vieron el trineo y a la persona que viajaba en él, la alegría desapareció de sus rostros. El papá ardilla se quedó con el tenedor en el aire y los pequeños dieron alaridos de terror.

—¿Qué significa todo esto? —preguntó la Reina. Nadie contestó.

—¡Hablen, animales asquerosos! ¿O desean que mi enano les busque la lengua con su látigo? ¿Qué significa toda esta glotonería, este despilfarro, este desenfreno? ¿De dónde sacaron todo esto?

—Por favor, su Majestad —dijo el Zorro—, nos lo dieron. Y si yo me atreviera a ser tan audaz como para beber a la salud de su Majestad...

—¿Quién les dio todo esto? —interrumpió la Bruja.

—P-P-Papá Noel —tartamudeó el Zorro.

—¿Qué? —gruñó la Bruja. Saltó del trineo y dio grandes zancadas hacia los aterrados animales—. ¡Él no ha estado aquí! ¡No puede haber estado aquí! ¡Cómo se atreven...! ¡Digan que han mentido y los perdonaré ahora mismo!

En ese momento, uno de los pequeños hijos de la pareja de ardillas contestó sin pensar.

—¡Ha venido! ¡Ha venido! —gritaba golpeando su cucharita contra la mesa.

Edmundo vio que la Bruja se mordía el labio hasta que una gota de sangre apareció en su blanco rostro. Entonces levantó la vara.

—¡Oh! ¡No lo haga! ¡Por favor, no lo haga! —gritó Edmundo; pero mientras suplicaba, ella

agitó su vara y, en un instante, en el lugar donde se desarrollaba la alegre fiesta había sólo estatuas de criaturas (una con el tenedor a medio camino hacia su boca de piedra) sentadas alrededor de una mesa de piedra, con platos de piedra y un pudín de ciruelas de piedra.

—En cuanto a ti —dijo la Bruja a Edmundo, dándole un brutal golpe en la cara cuando volvió a subir al trineo—, ¡que esto te enseñe a no interceder en favor de espías y traidores! ¡Continuemos!

Edmundo, por primera vez en el transcurso de esta historia, tuvo piedad por alguien que no era él. Era tan lamentable pensar en esas pequeñas figuras de piedra, sentadas allí durante días silenciosos y oscuras noches, año tras año, hasta que se desmoronaran o sus rostros se borraran.

Ahora avanzaban constantemente otra vez. Pronto Edmundo observó que la nieve que salpicaba el trineo en su veloz carrera estaba más derretida que la de la noche anterior. Al mismo

tiempo advirtió que sentía mucho menos frío y que se acercaba una espesa niebla. En efecto, minuto a minuto aumentaba la neblina y también el calor. El trineo ya no se deslizaba tan bien como unos momentos antes. Al principio pensó que quizás los renos estaban cansados, pero pronto se dio cuenta de que no era ésa la verdadera razón. El trineo avanzaba a tirones, se arrastraba y se bamboleaba como si hubiera chocado con una piedra. A pesar de los latigazos que el enano propinaba a los renos, el trineo iba más y más lentamente. También parecía oírse un curioso ruido, pero el estrépito del trineo con sus tirones y bamboleos, y los gritos del enano para apurar a los renos, impidieron que Edmundo pudiera distinguir qué clase de sonido era, hasta que, de pronto, el trineo se atascó tan fuertemente que no hubo forma de seguir. Entonces sobrevino un momento de silencio. Y en ese silencio, Edmundo, por fin, pudo escuchar claramente. Era un ruido extraño, suave, susurrante y continuo... y, sin embargo, no tan extraño, porque él lo había escuchado antes. Rápidamente, recordó. Era el sonido del agua que corre. Alrededor de ellos, por todas partes aunque fuera de su vista, los riachuelos cantaban, murmuraban, burbujeaban, chapoteaban y aun (en la distancia) rugían. Su corazón dio un gran salto (a pesar de que él no supo por qué) cuando se dio cuenta de que el hielo se había derretido. Y mucho más cerca había un *drip-drip-drip* desde las ramas de todos los árboles. Entonces miró hacia uno de ellos y vio que una gran carga de nieve se deslizaba y caía y, por primera vez desde que había llegado a Narnia, contempló el color verde oscuro de un abeto.

Pero no tuvo tiempo de escuchar ni de observar nada más porque la Bruja gritó:

—¡No te quedes ahí sentado con la mirada fija, tonto! ¡Ven a ayudar!

Por supuesto, Edmundo tuvo que obedecer. Descendió del trineo y caminó sobre la nieve —aunque realmente ésta era algo muy blando y muy mojado— y ayudó al enano a tirar del trineo para sacarlo del fangoso hoyo en el que había caído. Lo lograron por fin. El enano golpeó con su látigo a los renos con gran crueldad y así consiguió poner el trineo de nuevo en movimiento. Avanzaron un poco más. Ahora la nieve estaba derretida de veras y en todas direcciones comenzaban a aparecer terrenos cubiertos de pasto verde. A menos que uno haya contemplado un mundo de nieve durante tanto tiempo como Edmundo, difícilmente sería capaz de imaginar el alivio que significan esas manchas verdes después del interminable blanco.

Pero entonces el trineo se detuvo una vez más.

—Es imposible continuar, su Majestad —dijo el enano—. No podemos deslizarnos con este deshielo.

—Entonces, caminaremos —dijo la Bruja.

—Nunca los alcanzaremos si caminamos —rezongó el enano—. No con la ventaja que nos llevan.

—¿Eres mi consejero o mi esclavo? —preguntó la Bruja—. Haz lo que te digo. Amarra las manos de la criatura humana a su espalda y sujeta tú la cuerda por el otro extremo. Toma tu látigo y quita los arneses a los renos. Ellos encontrarán fácilmente el camino de regreso a casa.

El enano obedeció. Minutos más tarde, Edmundo se veía forzado a caminar tan rápido como podía, con las manos atadas a la espalda. Resbalaba a menudo en la nieve derretida, en el lodo o en el pasto mojado. Cada vez que esto sucedía, el enano echaba una maldición sobre él y, a veces, le daba un latigazo. La Bruja, que caminaba detrás del enano, ordenaba constantemente:

—¡Más rápido! ¡Más rápido!

A cada minuto
las áreas verdes eran
más y más grandes, y
los espacios cubiertos
de nieve disminuían
y disminuían. A cada
momento los árboles
se sacudían más y
más de sus mantos

blancos. Pronto, hacia cualquier lugar que mirara,
en vez de formas blancas uno veía el verde oscuro
de los abetos o el negro de las espinosas ramas de
los desnudos robles, de las hayas y de los olmos.
Entonces la niebla, de blanca se tornó dorada y
luego desapareció por completo. Cual flechas, deli-
ciosos rayos de sol atravesaron de un golpe el
bosque, y en lo alto, entre las copas de los árboles,
se veía el cielo azul.

Así se sucedieron más y más acontecimientos
maravillosos. Repentinamente, a la vuelta de una
esquina, en un claro entre un conjunto de platea-
dos abedules, Edmundo vio el suelo cubierto, en
todas direcciones, de pequeñas flores amarillas...
El sonido del agua se escuchaba cada vez más
fuerte. Poco después cruzaron un arroyo. Más allá
encontraron un lugar donde crecían miles de campanitas blancas.

—¡Preocúpate de tus propios asuntos! —dijo el
enano cuando vio que Edmundo volvía la cabeza

para mirar las flores, y con gesto maligno dio un tirón a la cuerda.

Pero, por supuesto, esto no impidió que Edmundo pudiera ver. Sólo cinco minutos más tarde observó una docena de azafranes que crecían alrededor de un viejo árbol..., dorado, rojo y blanco. Después llegó un sonido aún más hermoso que el ruido del agua. De pronto, muy cerca del  sendero que ellos seguían, un pájaro gorjeó desde la rama de un árbol. Algo más lejos, otro le respondió con sus trinos. Entonces, como si ésta hubiera sido una señal, se escucharon gorjeos y trinos desde todas partes y en el espacio de cinco minutos el bosque entero estaba lleno de la música de las aves. Hacia dondequiera que Edmundo mirara, las veía aletear en las ramas, volar en el cielo y aun disputar ligeramente entre ellas.

—¡Más rápido! ¡Más rápido! —gritaba la Bruja.

Ahora no había rastros de la niebla. El cielo era cada vez más y más azul, y de tiempo en tiempo algunas nubes blancas lo cruzaban apresuradas. Las prímulas cubrían amplios espacios. Brotó una brisa suave que esparció la humedad de los ramos inclinados y llevó frescas y deliciosas fragancias hacia el rostro de los viajeros. Los árboles comenzaron a vivir plenamente. Los alerces y los abedules se cubrieron de verde; los ébanos de los Alpes, de dorado. Pronto las hayas extendieron sus delicadas y transparentes hojas. Y para los viajeros que caminaban bajo los árboles, la luz también se tornó verde. Una abeja zumbó al cruzar el sendero.

—Esto no es deshielo —dijo entonces el enano deteniéndose de pronto—. Es la *primavera*. ¿Qué vamos a hacer? Su invierno ha sido destruido. ¡Se lo advierto! Esto es obra de Aslan.

—Si alguno de ustedes menciona ese nombre otra vez —dijo la Bruja—, morirá al instante.

CAPÍTULO 12

LA PRIMERA BATALLA DE PEDRO

MIENTRAS EL ENANO Y LA BRUJA Blanca hablaban, a millas de distancia los Castores y los niños seguían caminando, hora tras hora, como en un hermoso sueño. Hacía ya mucho que se habían despojado de sus abrigos. Ahora ni siquiera se detenían para exclamar "¡Allí hay un martín pescador!", "¡Miren cómo crecen las campanitas!", "¿Qué aroma tan agradable es ése?" o "¡Escuchen a ese tordo!"... Caminaban en silencio aspirándolo todo; cruzaban terrenos abiertos a la luz y el calor del sol, y se introducían en frescos, verdes y espesos bosquecillos, para salir de nuevo a anchos espacios cubiertos de musgo a cuyo alrededor se alzaban altos olmos muy por encima del frondoso techo; luego atravesaban densas masas de groselleros floridos y espesos espinos blancos, cuyo dulce aroma era casi abrumador.

Al igual que Edmundo, se habían sorprendido al ver que el invierno desaparecía y el bosque entero pasaba, en pocas horas, de enero a mayo. Por cierto, ni siquiera sabían (como lo sabía la Bruja) que esto era lo que debía suceder con la llegada de Aslan a Narnia. Sin embargo, todos tenían conciencia de que eran los poderes de la Bruja los que mantenían ese invierno sin fin. Por eso cuando esta mágica primavera estalló, todos supusieron que algo había resultado mal, muy mal, en los planes de la Bruja. Después de ver que el deshielo continuaba durante un buen tiempo, ellos se dieron cuenta de que la Bruja no podría utilizar más su trineo. Entonces ya no se apresuraron tanto y se permitieron descansos más frecuentes y algo más largos. Estaban muy cansados, por supuesto, pero no lo que yo llamo exhaustos...; sólo lentos y soñadores, tranquilos interiormente, como se siente uno al final de un largo día al aire libre. Sólo Susana tenía una pequeña herida en un talón.

Antes ellos se habían desviado del curso del río un poco hacia la derecha (esto significaba un poco hacia el sur) para llegar al lugar donde estaba la Mesa de Piedra. Y aunque ése no hubiera sido el camino, no habrían podido continuar por la orilla del río una vez que empezó el deshielo. Con toda la nieve derretida, el río se convirtió muy pronto en un torrente —un maravilloso y rugiente torrente amarillo—, y dentro de poco el sendero que seguían estaría inundado.

Ahora que el sol estaba bajo, la luz se tornó rojiza, las sombras se alargaron y las flores comenzaron a pensar en cerrarse.

—No falta mucho ya —dijo el Castor, mientras los guiaba colina arriba, sobre un musgo profundo y elástico (lo percibían con mucho agrado bajo sus cansados pies), hacia un lugar donde crecían inmensos árboles, muy distantes entre sí. La subida, al final del día, los hizo jadear y respirar con dificultad. Justo cuando Lucía se preguntaba si realmente podría llegar a la cumbre sin otro largo descanso, se encontraron de pronto en la cima. Y esto fue lo que vieron.

Estaban en un verde espacio abierto desde el cual uno podía ver el bosque que se extendía hacia abajo en todas direcciones, hasta donde se perdía la vista..., excepto hacia el este: muy lejos, algo resplandecía y se movía.

—¡Gran Dios! —cuchicheó Pedro a Susana—. ¡Es el mar!

Exactamente en el centro del campo, en lo más alto de la colina, estaba la Mesa de Piedra. Era una inmensa y áspera losa de piedra gris, suspendida en cuatro piedras verticales. Se veía muy antigua y estaba completamente grabada con extrañas líneas y figuras, que podían ser las letras de una lengua desconocida. Cuando uno las miraba, producían una rara sensación.

En seguida vieron una bandera clavada a un

costado del campo. Era una maravillosa bandera —especialmente ahora que la luz del sol poniente se retiraba de ella— cuyos bordes parecían ser de seda color amarillo, con cordones carmesí e incrustaciones de marfil. Y más alto, en un asta, un estandarte, que mostraba un león rampante de color rojo, flameaba suavemente con la brisa que soplaba desde el lejano mar. Mientras contemplaban todo esto, escucharon a su derecha un sonido de música. Se volvieron en esa dirección y vieron lo que habían venido a ver.

Aslan estaba de pie en medio de una multitud de criaturas que, agrupadas en torno a él, formaban una media luna. Había Mujeres-Árbol y Mujeres-Vertiente (Dríades y Náyades como antes las llamaban en nuestro mundo) que tenían instrumentos de cuerda. Ellas eran las que tocaban la música. Había cuatro centauros grandes. Su mitad caballo se asemejaba a los inmensos caballos ingleses de campo, y la parte humana, a un gigante severo pero hermoso. También había un unicornio, un toro con cabeza de hombre, un pelícano, un águila y un perro grande. Al lado de Aslan se encontraban dos leopardos: uno transportaba su corona, y el otro, su estandarte.

En cuanto a Aslan mismo, los Castores y los niños no sabían qué hacer o decir cuando lo vieron. La gente que no ha estado en Narnia piensa a veces que una cosa no puede ser buena y te-

rrible al mismo tiempo. Y si los niños alguna vez pensaron así, ahora fueron sacados de su error. Porque cuando trataron de mirar la cara de Aslan, sólo pudieron vislumbrar una melena dorada y unos ojos inmensos, majestuosos, solemnes e irresistibles. Se dieron cuenta de que eran incapaces de mirarlo.

—Adelante —dijo el Castor.

—No —susurró Pedro—. Usted primero.

—No, los Hijos de Adán antes que los animales.

—Susana —murmuró Pedro—. ¿Y tú? Las señoritas primero.

—No, tú eres el mayor.

Y mientras más demoraban en decidirse, más incómodos se sentían. Por fin Pedro se dio cuenta de que esto le correspondía a él. Sacó su espada y la levantó para saludar.

—Vengan —dijo a los demás—. Todos juntos.

Avanzó hacia el León y dijo:

—Hemos venido..., Aslan.

—Bienvenido, Pedro, Hijo de Adán —dijo Aslan—. Bienvenidas, Susana y Lucía. Bienvenidos, Castor y Castora.

Su voz era ronca y profunda y de algún modo les quitó la angustia. Ahora se sentían contentos y tranquilos y no les incomodaba quedarse inmóviles sin decir nada.

—¿Dónde está el cuarto? —preguntó Aslan.

—Él ha tratado de traicionar a sus hermanos y

de unirse a la Bruja Blanca, ¡oh Aslan! —dijo el Castor.

Entonces algo hizo a Pedro decir:

—En parte fue por mi culpa, Aslan. Yo estaba enojado con él y pienso que eso lo impulsó hacia un camino equivocado.

Aslan no dijo nada; ni para excusar a Pedro ni para culparlo. Solamente lo miró con sus grandes ojos dorados. A todos les pareció que no había más que decir.

—Por favor..., Aslan —dijo Lucía—. ¿Hay algo que se pueda hacer para salvar a Edmundo?

—Se hará todo lo que se pueda —dijo Aslan—. Pero es posible que resulte más difícil de lo que ustedes piensan.

Luego se quedó nuevamente en silencio por algunos momentos. Hasta entonces, Lucía había pensado cuán majestuosa, fuerte y pacífica parecía su cara. Ahora, de pronto, se le ocurrió que también se veía triste. Pero, al minuto siguiente, esa expresión había desaparecido. El León sacudió su melena, golpeó sus garras ("¡Terribles garras —pensó Lucía— si él no supiera cómo suavizarlas!"), y dijo:

—Mientras tanto, que se prepare un banquete. Señoras, lleven a las Hijas de Eva al Pabellón y provéanlas de lo necesario.

Cuando las niñas se fueron, Aslan posó su garra —y a pesar de que lo hacía con suavidad, era muy pesada— en el hombro de Pedro y dijo:

—Ven, Hijo de Adán, y te mostraré a la distancia el castillo donde serás rey.

Con su espada todavía en la mano, Pedro siguió al León hacia la orilla oeste de la cumbre de la colina, y una hermosa vista se presentó ante sus ojos. El sol se ponía a sus espaldas, lo cual significaba que ante ellos todo el país estaba envuelto en la luz del atardecer..., bosques, colinas y valles alrededor del gran río que ondulaba como una serpiente de plata. Más allá, millas más lejos, estaba el mar, y entre el cielo y el mar, cientos de nubes que con los reflejos del sol poniente adquirían un maravilloso color rosa. Justo en el lugar en que la tierra de Narnia se encontraba con el mar —en la boca del gran río— había algo que brillaba en una pequeña colina. Brillaba porque era un castillo y, por supuesto, la luz del sol se reflejaba en todas las ventanas que miraban hacia el poniente, donde se encontraba Pedro. A éste le pareció más bien una gran estrella que descansaba en la playa.

—Eso, ¡oh Hombre! —dijo Aslan—, es el castillo de Cair Paravel con sus cuatro tronos, en uno de los cuales tú deberás sentarte como rey. Te lo muestro porque eres el primogénito y serás el Rey Supremo sobre todos los demás.

Una vez más, Pedro no dijo nada. Luego un ruido extraño interrumpió súbitamente el silencio.

Era como una corneta de caza, pero más dulce.

—Es el cuerno de tu hermana —dijo Aslan a Pedro en voz baja, tan baja que era casi un ronroneo, si no es falta de respeto pensar que un león pueda ronronear.

Por un instante Pedro no entendió. Pero en ese momento vio avanzar a todas las otras criaturas y oyó que Aslan decía agitando su garra:

—¡Atrás! ¡Dejen que el Príncipe gane su espuela!

Entonces comprendió y corrió tan rápido como le fue posible hacia el pabellón. Allí se enfrentó a una visión espantosa.

Las Náyades y Dríades huían en todas direcciones. Lucía corrió hacia él tan veloz como sus cortas piernas se lo permitieron, con el rostro blanco como un papel. Después vio a Susana saltar y colgarse de un árbol, perseguida por una enorme bestia gris. Pedro creyó en un comienzo que era un oso. Luego le pareció un perro alsaciano, aunque era demasiado grande... Por fin se dio cuenta de que era un lobo..., un lobo parado en sus patas traseras con sus garras delanteras apoyadas en el tronco del árbol, aullando y mordiendo. Todo el pelo de su lomo estaba erizado. Susana no había logrado subir más arriba de la segunda rama. Una de sus piernas colgaba hacia abajo y su pie estaba a sólo dos pulgadas de aquellos dientes que amenazaban con morder. Pedro se preguntaba por qué ella no subía más o, al menos, no se afirmaba mejor, cuando cayó en la cuenta de que estaba a punto de desmayarse, y si se desmayaba, caería al suelo.

Pedro no se sentía muy valiente; en realidad se sentía enfermo. Pero esto no cambiaba en nada lo que tenía que hacer. Se abalanzó derecho contra el monstruo y, con su espada, le asestó una estocada en el costado. El golpe no alcanzó al Lobo. Rápido como un rayo, éste se volvió con los ojos llameantes y su enorme boca abierta en un rugido de furia. Si no hubiera estado cegado por la rabia, que sólo le permitía rugir, se habría lanzado directo a la garganta de su enemigo. Por eso fue que —aunque todo sucedió demasiado rápido para que él lo alcanzara a pensar— Pedro tuvo el tiempo preciso para bajar la cabeza y enterrar su espada, tan fuertemente como pudo, entre las dos patas delanteras de la bestia, directo en su corazón. Entonces sobrevino un instante de horrible confusión, como una pesadilla. Él daba un tirón tras otro a su espada y el Lobo no parecía ni vivo ni muerto. Los dientes del animal se encontraban junto a la frente de Pedro y alrededor de él todo era pelo, sangre y calor. Un momento después descubrió que el monstruo estaba muerto y que él ya había retirado su espada. Se enderezó y enjugó el sudor de su cara y de sus ojos. Sintió que lo invadía un cansancio mortal.

En un instante Susana bajó del árbol. Ella y Pedro estaban trémulos cuando se encontraron frente a frente. Y no voy a decir que no hubo besos y llantos de parte de ambos. Pero en Narnia nadie piensa nada malo por eso.

—¡Rápido! ¡Rápido! —gritó Aslan—. ¡Centauros! ¡Águilas! Veo otro lobo en los matorrales. ¡Ahí, detrás! Ahora se ha dado la vuelta. ¡Síganlo todos! Él irá donde su ama. Ahora es la oportunidad de encontrar a la Bruja y rescatar al cuarto Hijo de Adán.

Instantáneamente, con un fuerte ruido de cascos y un batir de alas, una docena o más de veloces criaturas desaparecieron en la creciente oscuridad.

Pedro, aún sin aliento, se dio la vuelta y se encontró con Aslan a su lado.

—Has olvidado limpiar tu espada —dijo Aslan.

Era verdad. Pedro enrojeció cuando miró la brillante hoja y la vio toda manchada con la sangre y el pelo del Lobo. Se agachó y la restregó y la limpió en el pasto; luego la frotó y la secó en su chaqueta.

—Dámela y arrodíllate, Hijo de Adán —dijo Aslan. Cuando Pedro lo hubo hecho, lo tocó con la hoja y añadió—: Levántate, Caballero Pedro, Terror de los Lobos. Pase lo que pase, nunca olvides limpiar tu espada.

CAPÍTULO 13

MAGIA PROFUNDA DEL AMANECER DEL TIEMPO

AHORA DEBEMOS VOLVER A EDMUNDO. Después de haberlo hecho caminar mucho más de lo que él imaginaba que alguien podía caminar, la Bruja se detuvo por fin en un oscuro valle ensombrecido por los abetos y los tejos. El niño se dejó caer y se tendió de cara contra el suelo, sin hacer nada y sin importarle lo que sucedería después con tal de que lo dejaran tendido e inmóvil. Se sentía tan cansado que ni siquiera se daba cuenta de lo hambriento y sediento que estaba. El enano y la Bruja hablaban muy bajo junto a él.

—No —decía el enano—. No tiene sentido ahora, oh Reina. A estas alturas tienen que haber llegado a la Mesa de Piedra.

—A lo mejor el Lobo nos encuentra con su olfato y nos trae noticias —dijo la Bruja.

—Si lo hace no serán buenas noticias —replicó el enano.

—Cuatro tronos en Cair Paravel —dijo la

Bruja–. Y ¿qué tal si se llenaran sólo tres de ellos? Eso no se ajustaría a la profecía.

–¿Qué diferencia puede suponer eso, ahora que *él* está aquí? –preguntó el enano, sin atreverse, ni siquiera ahora, a mencionar el nombre de Aslan ante su ama.

–Puede que él no se quede aquí por mucho tiempo. Entonces podríamos dejarnos caer sobre esos tres en Cair Paravel.

–Aún puede ser mejor –dijo el enano– mantener a éste (aquí dio un puntapié a Edmundo) y negociar.

–¡Sí!... Para que pronto lo rescaten –dijo la Bruja, desdeñosamente.

–Si es así –dijo el enano–, será mejor que hagamos de inmediato lo que tenemos que hacer.

–Yo preferiría hacerlo en la Mesa de Piedra –dijo la Bruja–. Ése es el lugar adecuado y donde siempre se ha hecho.

–Pasará mucho tiempo antes de que la Mesa de Piedra pueda volver a cumplir sus funciones –dijo el enano.

–Es cierto –dijo la Bruja. Y agregó–: Bien. Comenzaré.

En ese momento, con gran prisa y en medio de fuertes aullidos, apareció un lobo.

–¡Los he visto! –gritó–. Están todos en la Mesa de Piedra con *él*. Han matado a mi capitán Maugrim. Yo estaba escondido en los arbustos y lo vi todo. Uno de los Hijos de Adán lo mató. ¡Vuelen! ¡Vuelen!

—No —dijo la Bruja—. No hay necesidad de volar. Ve rápido y convoca a toda mi gente para que venga a reunirse aquí, conmigo, tan pronto como pueda. Llama a los gigantes, a los lobos, a los espíritus de los árboles que estén de nuestro lado. Llama a los Demonios, a los Ogros, a los Fantasmas y a los Minotauros. Llama a los Crueles, a los Hechiceros, a los Espectros y a la gente de los Hongos Venenosos. Pelearemos. ¿Acaso no tengo aún mi vara? ¿No se convertirán ellos en piedra en el momento en que se acerquen? Ve rápido. Mientras tanto, yo tengo que terminar algo aquí.

El inmenso bruto agachó su cabeza y partió al galope.

—¡Ahora! —dijo ella—. No tenemos mesa..., déjame ver... Sería mejor colocarlo contra el tronco del árbol.

Edmundo se vio de pronto rudamente obligado a levantarse. Entonces, con la mayor celeridad, el enano lo hizo apoyarse en el tronco y lo amarró. Él vio que la Bruja se quitaba su manto. Sus brazos estaban desnudos y horriblemente blancos. Y porque eran tan blancos, los podía ver, aunque no podía ver mucho más. Estaba todo tan oscuro en esa llanura, bajo los negros árboles...

—Prepara a la víctima —ordenó la Bruja.

El enano desabotonó el cuello de la camisa de Edmundo, y lo abrió. Luego agarró al niño del cabello y le echó la cabeza hacia atrás, de manera que tuvo que levantar el mentón. Después, Edmundo oyó un extraño ruido: *güizz-güizz-güizz*. Por un momento no pudo imaginar qué era, pero de repente se dio cuenta: era el sonido de un cuchillo al ser afilado.

En ese preciso momento escuchó fuertes gritos y ruidos que venían de todas direcciones: un tamborileo de pisadas..., un batir de alas..., un grito de la Bruja..., una total confusión alrededor de él.

Entonces sintió que lo desataban y que unos fuertes brazos lo rodeaban. Oyó voces compasivas y cariñosas:

—¡Déjalo recostarse! Denle un poco de vino... —decían—. Bebe..., estarás bien en un minuto.

Acto seguido escuchó voces que no se dirigían a él, sino a otras personas.

—¿Quién capturó a la Bruja?

—Yo creí que tú la tenías.

—No la vi después de que le arrebaté el cuchillo de la mano.

—Yo estaba persiguiendo al enano...

—¡No me digas que ella se nos escapó!

—Un muchacho no puede hacerlo todo al mismo tiempo... Pero ¿qué es eso?... ¡Oh! Lo siento, es sólo un viejo tronco.

Edmundo se desmayó en ese instante.

Entonces centauros y unicornios, venados y pájaros (eran parte del equipo de rescate enviado por Aslan en el capítulo anterior), todos regresaron a la Mesa de Piedra llevando a Edmundo con ellos. Pero si hubieran visto lo que sucedió en el valle después de que se alejaron, yo pienso que su sorpresa habría sido enorme.

Todo estaba muy quieto cuando asomó una brillante luna. Si ustedes hubieran estado allí, habrían podido ver que la luz de la luna iluminaba un viejo tronco de árbol y una enorme roca blanca. Pero si ustedes hubieran mirado detenidamente, poco a poco habrían comenzado a pensar que había algo muy extraño en ambos, en la roca y en el tronco. Y en seguida habrían advertido que el tronco se parecía de manera notable a un hombre pequeño y gordo, agachado sobre la tierra. Y si hubieran permanecido ahí durante más tiempo todavía, habrían visto que el tronco caminaba hacia la roca, ésta se sentaba y ambos comenzaban a hablar, porque, en realidad, el tronco y la roca eran simplemente el enano y la Bruja. Parte de la magia de ella consistía en que podía hacer que las cosas parecieran lo que no eran y tuvo la presencia de ánimo para recordar esa magia y aplicarla en el preciso momento en que le arrebataron el cuchillo de la mano. Ella también había logrado mantener su vara firmemente, de modo que ahora la guardaba a salvo.

Cuando los tres niños despertaron a la mañana siguiente (habían dormido sobre un montón de cojines en el pabellón), lo primero que oyeron —la señora Castora se lo dijo— fue la noticia de que su hermano había sido rescatado y conducido al campamento durante la noche. En ese momento estaba con Aslan.

Inmediatamente después de tomar el desayuno, los tres niños salieron. Vieron a Aslan y a Edmundo que caminaban juntos sobre el pasto lleno de rocío. Estaban separados del resto de la corte. No hay necesidad de contarles a ustedes qué le dijo Aslan a Edmundo (y nadie lo supo nunca), pero ésta fue una conversación que el niño jamás olvidó. Cuando los tres hermanos se acercaron, Aslan se dirigió hacia ellos llevando a Edmundo con él.

—Aquí está su hermano —les dijo—, y... no es necesario hablarle sobre lo que ha pasado.

Edmundo les dio la mano a cada uno y les dijo:

—Lo siento mucho...

—Todo está bien —respondieron. Y los tres quisieron entonces decir algo más para demostrar a Edmundo que volvían a ser amigos, algo sencillo y natural, pero a ninguno se le ocurrió nada.

Antes de que tuvieran tiempo de sentirse incómodos, uno de los leopardos se acercó a Aslan y le dijo:

—Señor, un mensajero del enemigo suplica que le des una audiencia.

—Deja que se aproxime —dijo Aslan.

El leopardo se alejó y volvió al instante seguido por el enano de la Bruja.

—¿Cuál es tu mensaje, Hijo de la Tierra? —preguntó Aslan.

—La Reina de Narnia, Emperatriz de las Islas Solitarias, desea un salvoconducto para venir a hablar contigo —dijo el enano—. Se trata de un asunto de conveniencia tanto para ti como para ella.

—¡Reina de Narnia! ¡Seguro! —exclamó el Castor—. ¡Qué descaro!

—Tranquilo, Castor —dijo Aslan—. Todos los nombres serán devueltos muy pronto a sus verdaderos dueños. Entretanto no queremos disputas... Dile a tu ama, Hijo de la Tierra, que le garantizo su salvoconducto, con la condición de que deje su vara tras ella, junto al gran roble.

El enano aceptó. Dos leopardos lo acompañaron en su regreso para asegurarse de que se cumpliera el compromiso.

—Pero ¿y si ella transforma a los leopardos en estatuas? —susurró Lucía al oído de Pedro.

Creo que la misma idea se les había ocurrido a los leopardos; mientras se alejaban, en todo momento la piel de sus lomos permaneció erizada, como también sus colas..., igual que cuando un gato ve un perro extraño.

—Todo irá bien —murmuró Pedro—. Aslan no los hubiera enviado si no fuera así.

Pocos minutos más tarde la Bruja en persona subió a la cima de la colina. Se dirigió derechamente a Aslan y se quedó frente a él. Los tres niños, que nunca la habían visto, sintieron que un escalofrío les recorría la espalda cuando miraron su rostro. Se produjo un sordo gruñido entre los animales. Y, a pesar de que el sol resplandecía, repentinamente todos se sintieron helados.

Los dos únicos que parecían estar tranquilos y cómodos eran Aslan y la Bruja. Resultaba muy curioso ver esas dos caras —una dorada y otra pálida como la muerte— tan cerca una de la otra. Pero la Bruja no miraba a Aslan exactamente a los ojos. La señora Castora puso especial atención en ello.

—Tienes un traidor aquí, Aslan —dijo la Bruja.

Por supuesto, todos comprendieron que ella se refería a Edmundo. Pero éste, después de todo lo que le había pasado y especialmente después de la conversación de la mañana, había dejado de preocuparse de sí mismo. Sólo miró a Aslan sin que pareciera importarle lo que la Bruja dijera.

—Bueno —dijo Aslan—, su ofensa no fue contra ti.

—¿Te has olvidado de la Magia Profunda? —preguntó la Bruja.

—Digamos que la he olvidado —contestó Aslan gravemente—. Cuéntanos acerca de esta Magia Profunda.

—¿Contarte a ti? —gritó la Bruja, con un tono que repentinamente se hizo más y más chillón—. ¿Contarte lo que está escrito en la Mesa de Piedra que está a tu lado? ¿Contarte lo que, con una lanza, quedó grabado en el tronco del Fresno del Mundo? ¿Contarte lo que se lee en el cetro del Emperador-de-Más-Allá-del-Mar? Al menos tú conoces la magia que el Emperador estableció en Narnia desde el comienzo mismo. Tú sabes que todo traidor me pertenece; que, por ley, es mi presa, y que por cada traición tengo derecho a matar.

—¡Oh! —dijo el Castor—, así es que eso fue lo que la llevó a imaginarse que era Reina..., porque usted era el verdugo del Emperador. Ya veo...

—Tranquilo, Castor —dijo Aslan, con un gruñido muy suave.

—Por lo tanto —continuó la Bruja—, esa criatura humana es mía. Su vida está en prenda y me pertenece. Su sangre es mía.

—¡Ven y llévatela, entonces! —dijo el Toro con cabeza de hombre, en un gran bramido.

—¡Tonto! —dijo la Bruja, con una sonrisa salvaje, que casi parecía un gruñido—. ¿Crees realmente que tu amo puede despojarme de mis derechos por la sola fuerza? Él conoce la Magia Profunda mejor que eso. Sabe que, a menos que yo tenga esa sangre, como dice la Ley, toda Narnia será destruida y perecerá en fuego y agua.

—Es muy cierto —dijo Aslan—. No lo niego.

—¡Ay, Aslan! —susurró Susana al oído del León—. No podemos... Quiero decir, usted no lo haría, ¿verdad? ¿Podríamos hacer algo con la Magia Profunda? ¿No hay algo que usted pueda hacer contra esa Magia?

—¿Trabajar contra la magia del Emperador? —dijo Aslan, volviéndose hacia ella con el ceño fruncido.

Nadie volvió a sugerir nada semejante.

Edmundo se encontraba al otro lado de Aslan y le miraba siempre a la cara. Se sentía sofocado y se preguntaba si debía decir algo. Pero un instante después tuvo la certeza de que no debía hacer nada, excepto esperar y actuar de acuerdo con lo que le habían dicho.

—Vayan atrás, todos ustedes —dijo Aslan—. Quiero hablar con la Bruja a solas.

Todos obedecieron. Fueron momentos terribles..., esperaban y, a la vez, tenían ansias de saber qué estaba pasando. Mientras tanto, la Bruja y el León hablaban con gran seriedad y en voz muy baja.

—¡Oh, Edmundo! —exclamó Lucía y empezó a llorar.

Pedro se quedó de pie dando la espalda a los demás y mirando el mar en la lejanía. Los castores permanecieron apoyados en sus garras, con las cabezas gachas. Los centauros, inquietos, rascaban el suelo con las pezuñas. Al fin todos se quedaron tan inmóviles que podían escucharse aun los sonidos más leves, como el zumbido de una abeja que pasó volando, o los pájaros allá abajo, en el bosque, o el viento que movía suavemente las hojas. La conversación entre Aslan y la Bruja continuaba todavía...

Por fin se escuchó la voz de Aslan.

—Pueden volver —dijo—. He arreglado este

asunto. Ella renuncia a reclamar la sangre de Edmundo.

En la cumbre de la colina se escuchó un ruido como si todos hubieran estado con la respiración contenida y ahora comenzaran a respirar nuevamente, y luego el murmullo de una conversación. Los presentes empezaron a acercarse al trono de Aslan.

La Bruja ya se daba la vuelta para alejarse de allí con una expresión de feroz alegría en el rostro, cuando de pronto se detuvo y dijo:

—¿Cómo sabré que la promesa será cumplida?

—¡*Grrrr!* —gruñó Aslan, levantándose de su trono. Su boca se abrió más y más grande y el gruñido creció y creció.

La Bruja, después de mirarlo por un instante con sus labios entreabiertos, recogió sus largas faldas y corrió para salvar su vida.

CAPÍTULO 14

EL TRIUNFO DE LA BRUJA

EN CUANTO LA BRUJA SE ALEJÓ, ASLAN dijo:

—Debemos dejar este lugar de inmediato porque será ocupado en otros asuntos. Esta noche tendremos que acampar en los Vados de Beruna.

Por supuesto, todos se morían por preguntarle cómo había arreglado las cosas con la Bruja; pero el rostro de Aslan se veía muy severo y en todos los oídos aún resonaba su rugido, de manera que nadie se atrevió a preguntar nada.

Después de un almuerzo al aire libre, en la cumbre de la colina (el sol era ya muy fuerte y secaba el pasto), bajaron la bandera y se preocuparon de empacar sus cosas. Antes de las dos ya marchaban en dirección noreste. Iban a paso lento, pues no tenían que llegar muy lejos.

Durante la primera parte del viaje, Aslan explicó a Pedro su plan de campaña.

—En cuanto termine lo que tiene que hacer en

estos lugares —dijo—, es casi seguro que la Bruja, con su banda, regresará a su casa y se preparará para el asedio. Ustedes pueden ser o no ser capaces de atajarla y de impedir que ella alcance sus propósitos.

Luego el León trazó dos planes de batalla: uno para luchar con la Bruja y sus partidarios en el bosque y otro para asaltar su castillo. Pero, a la vez, continuamente aconsejaba a Pedro acerca de la forma de conducir las operaciones con frases como éstas: "Tienes que situar a los centauros en tal y tal lugar" o "Debes disponer vigías para observar que ella no haga tal cosa", hasta que por fin Pedro dijo:

—Usted estará ahí con nosotros, Aslan, ¿verdad?

—No puedo prometer nada al respecto —contestó el León, y continuó con sus instrucciones.

En la última parte del viaje, Lucía y Susana fueron las que estuvieron más cerca de él. Aslan no habló mucho y a ellas les pareció que estaba triste.

La tarde no había concluido aún cuando llegaron a un lugar donde el valle se ensanchaba y el río era poco profundo. Eran los Vados de Beruna. Aslan ordenó detenerse antes de cruzar el agua, pero Pedro dijo:

—¿No sería mejor acampar en el lado más alejado?... Ella puede intentar un ataque nocturno o cualquier otra cosa.

Aslan, que parecía pensar en algo muy diferente, se levantó y, sacudiendo su magnífica melena, preguntó:

—¿Eh? ¿Qué dijiste?

Pedro repitió todo de nuevo.

—No —dijo Aslan con voz apagada, como si se tratara de algo sin importancia—. No. Ella no atacará esta noche. —Entonces suspiró profundamente y agregó—: De todos modos, pensaste bien. Ésa es la manera en la que un soldado debe pensar. Pero eso no importa ahora, realmente.

Entonces procedieron a instalar el campamento.

La melancolía de Aslan los afectó a todos aquella tarde. Pedro se sentía inquieto también ante la idea de librar la batalla bajo su propia responsabilidad. La noticia de la posible ausencia de Aslan lo alteró profundamente.

La cena de esa noche fue silenciosa. Todos advirtieron cuán diferente había sido la de la noche anterior o incluso el almuerzo de esa mañana. Era como si los buenos tiempos, que recién habían comenzado, estuvieran llegando a su fin.

Estos sentimientos afectaron a Susana de tal forma que no pudo conciliar el sueño cuando se fue a acostar. Después de estar tendida contando ovejas y dándose vueltas una y otra vez, oyó que

Lucía suspiraba largamente y se acercaba a ella en la oscuridad.

—¿Tampoco tú puedes dormir? —le preguntó.

—No —dijo Lucía—. Pensaba que tú estabas dormida. ¿Sabes...?

—¿Qué?

—Tengo un presentimiento horroroso..., como si algo estuviera suspendido sobre nosotros...

—A mí me pasa lo mismo...

—Es sobre Aslan —continuó Lucía—. Algo horrible le va a suceder, o él va a tener que hacer una cosa terrible.

—A él le sucede algo malo. Toda la tarde ha estado raro —dijo Susana—. Lucía, ¿qué fue lo que dijo sobre no estar con nosotros en la batalla? ¿Tú crees que se puede escabullir y dejarnos esta noche?

—¿Dónde está ahora? —preguntó Lucía—. ¿Está en el pabellón?

—No creo.

—Susana, vamos afuera y miremos alrededor. Puede que lo veamos.

—Está bien. Es lo mejor que podemos hacer en lugar de seguir aquí tendidas y despiertas.

En silencio y a tientas, las dos niñas caminaron entre los demás que estaban dormidos y se deslizaron fuera del pabellón. La luz de la luna era brillante y todo estaba en absoluto silencio, excepto el río que murmuraba sobre las piedras. De repente Susana cogió el brazo de Lucía y le dijo:

—¡Mira!

Al otro lado del campamento, donde comenzaban los árboles, vieron al León: caminaba muy despacio y se alejaba de ellos internándose en el bosque. Sin decir una palabra, ambas lo siguieron.

Tras él, las niñas subieron una empinada pendiente, fuera del valle del río, y luego torcieron ligeramente a la derecha..., aparentemente por la misma ruta que habían utilizado esa tarde en la marcha desde la colina de la Mesa de Piedra. Una y otra vez él las hizo internarse entre oscuras sombras para volver luego a la pálida luz de la luna, mientras un espeso rocío mojaba sus pies. De alguna manera él se veía diferente del Aslan que ellas conocían. Su cabeza y su cola estaban inclinadas y su paso era lento, como si estuviera muy, muy cansado. Entonces, cuando atravesaban un amplio claro en el que no había sombras que permitieran esconderse, se detuvo y miró a su alrededor. No había una buena razón para huir, así es que las dos niñas fueron hacia él. Cuando se acercaron, Aslan les dijo:

—Niñas, niñas, ¿por qué me siguen?

—No podíamos dormir —le dijo Lucía, y tuvo la certeza de que no necesitaba decir nada más y que Aslan sabía lo que ellas pensaban.

—Por favor, ¿podemos ir con usted, dondequiera que vaya? —rogó Susana.

—Bueno... —dijo Aslan, mientras parecía reflexionar. Entonces agregó—: Me gustaría mucho tener compañía esta noche. Sí; pueden venir si me prometen detenerse cuando yo se lo diga y, después, dejarme continuar solo.

—¡Oh! ¡Gracias, gracias! Se lo prometemos —dijeron las dos niñas.

Siguieron adelante, cada una a un lado del León. Pero ¡qué lento era su caminar! Llevaba su gran y real cabeza tan inclinada que su nariz casi tocaba el pasto. Incluso tropezó y emitió un fuerte quejido.

—¡Aslan! ¡Querido Aslan! —dijo Lucía—. ¿Qué pasa? ¿Por qué no nos cuenta lo que sucede?

—¿Está enfermo, querido Aslan? —preguntó Susana.

—No —dijo Aslan—. Estoy triste y abatido. Pongan las manos en mi melena para que pueda sentir que están cerca de mí y caminemos.

Entonces las niñas hicieron lo que jamás se habrían atrevido a hacer sin su permiso, pero que anhelaban desde que lo conocieron: hundieron sus manos frías en ese hermoso mar de pelo y lo acariciaron suavemente; así, continuaron la marcha junto a él. Momentos después advirtieron que subían la ladera de la colina en la cual estaba la Mesa de Piedra. Iban por el lado en el que los árboles estaban cada vez más separados a medida que se ascendía. Cuando estuvieron junto al último árbol (era uno a cuyo alrededor crecían algunos arbustos), Aslan se detuvo y dijo:

—¡Oh niñas, niñas! Aquí deben quedarse. Pase lo que pase, no se dejen ver. Adiós.

Las dos niñas lloraron amargamente (sin saber en realidad por qué), abrazaron al León y besaron su melena, su nariz, sus manos y sus grandes ojos tristes. Luego él se alejó de ellas y subió a la cima de la colina. Lucía y Susana se escondieron detrás de los arbustos, y esto fue lo que vieron.

Una gran multitud rodeaba la Mesa de Piedra y, aunque la luna resplandecía, muchos de los que allí estaban sostenían antorchas que ardían con llamas rojas y demoníacas y despedían humo negro.

Pero ¡qué clase de gente había allí! Ogros con dientes monstruosos, lobos, hombres con cabezas de toro, espíritus de árboles malvados y de plantas venenosas y otras criaturas que no voy a describir porque, si lo hiciera, probablemente los adultos no permitirían que ustedes leyeran este libro... Eran sanguinarias, aterradoras, demoníacas, fantasmales, horrendas, espectrales.

En efecto, ahí se encontraban reunidos todos los que estaban de parte de la Bruja, aquellos que el Lobo había convocado obedeciendo la orden dada por ella. Justo al centro, de pie cerca de la Mesa, estaba la Bruja en persona.

Un aullido y una algarabía espantosa

surgieron de la multitud cuando aquellos horribles seres vieron que el León avanzaba paso a paso hacia ellos. Por un momento, la misma Bruja pareció paralizada por el miedo. Pronto se recobró y lanzó una carcajada salvaje.

—¡El idiota! —gritó—. ¡El idiota ha venido! ¡Átenlo de inmediato!

Susana y Lucía, sin respirar, esperaron el rugido de Aslan y su salto para atacar a sus enemigos. Pero nada de eso se produjo. Cuatro hechiceras, con horribles muecas y miradas salvajes, aunque también (al principio) vacilantes y algo asustadas de lo que debían hacer, se aproximaron a él.

—¡Átenlo, les digo! —repitió la Bruja.

Las hechiceras le arrojaron un dardo y chillaron triunfantes al ver que no oponía resistencia. Luego otros —enanos y monos malvados— corrieron a ayudarlas, y entre todos enrollaron una cuerda alrededor del inmenso León y amarraron sus cuatro patas juntas. Gritaban y aplaudían como si hubieran realizado un acto de valentía, aunque con sólo una de sus garras el León podría haberlos matado a todos si lo hubiera querido. Pero no hizo ni un solo ruido, ni siquiera cuando los enemigos, con terrible violencia, tiraron de las cuerdas en tal forma que éstas penetraron su carne. Por último comenzaron a arrastrarlo hacia la Mesa de Piedra.

—¡Alto! —dijo la Bruja—. ¡Que se le corte el pelo primero!

Otro coro de risas malvadas surgió de la multitud cuando un ogro se acercó con un par de tijeras y se agachó al lado de la cabeza de Aslan. *Snip-snip-snip* sonaron las tijeras y los rizos dorados comenzaron a caer y a amontonarse en el suelo. El ogro se echó hacia atrás, y las niñas, que observaban desde su escondite, pudieron ver la cara de Aslan, tan pequeña y diferente sin su melena. Los enemigos también se percataron de la diferencia.

—¡Miren, no es más que un gato grande, después de todo! —gritó uno.

—¿De *eso* estábamos asustados? —dijo otro.

Y todos rodearon a Aslan y se burlaron de él con frases como "Misu, misu. Pobre gatita", "¿Cuántos ratones cazaste hoy, gato?" o "¿Quieres un platito de leche?".

—¡Oh! ¿Cómo pueden? —dijo Lucía mientras las lágrimas corrían por sus mejillas—. ¡Qué salvajes, qué salvajes!

Pero ahora que el primer impacto ante su vista estaba superado, la cara desnuda de Aslan le pareció más valiente, más bella y más paciente que nunca.

—¡Pónganle un bozal! —ordenó la Bruja.

Incluso en ese momento, mientras ellos se afanaban junto a su cara para ponerle el bozal, un mordisco de sus mandíbulas les hubiera costado las manos a dos o tres de ellos. Pero no se movió. Esto pareció enfurecer a esa chusma. Ahora todos estaban frente a él. Aquellos que tenían miedo de acercarse, aun después de que el León quedó limitado por las cuerdas que lo ataban, comenzaron ahora a envalentonarse y en pocos minutos las niñas ya no pudieron verlo siquiera. Una inmensa muchedumbre lo rodeaba estrechamente y lo pateaba, lo golpeaba, le escupía y se mofaba de él.

Por fin, la chusma pensó que ya era suficiente. Entonces volvieron a arrastrarlo amarrado y amordazado hasta la Mesa de Piedra. Unos empujaban y otros tiraban. Era tan inmenso que, después de haber llegado hasta la Mesa, tuvieron que emplear todas sus fuerzas para alzarlo y colocarlo sobre la superficie. Allí hubo más amarras y las cuerdas se apretaron ferozmente.

—¡Cobardes! ¡Cobardes! —sollozó Susana—. ¡Todavía le tienen miedo, incluso ahora!

Una vez que Aslan estuvo atado (y tan atado que realmente estaba convertido en una masa de cuerdas) sobre la piedra, un súbito silencio reinó entre la multitud. Cuatro hechiceras, sosteniendo cuatro antorchas, se instalaron en las esquinas de la Mesa. La Bruja desnudó sus brazos, tal como los había desnudado la noche anterior ante Edmundo en lugar de Aslan. Luego procedió a afilar su cuchillo. Cuando la tenue luz de las antorchas cayó sobre éste, las niñas pensaron que era un cuchillo de piedra en vez de acero. Su forma era extraña y diabólica.

Finalmente, ella se acercó y se situó junto a la cabeza de Aslan. La cara de la Bruja estaba crispada de furor y de pasión; Aslan miraba el cielo, siempre quieto, sin demostrar enojo ni miedo, sino tan sólo un poco de tristeza. Entonces, unos momentos antes de asestar la estocada final, la Bruja se detuvo y dijo con voz temblorosa:

—Y ahora ¿quién ganó? Idiota, ¿pensaste que con esto tú salvarías a ese humano traidor? Ahora te mataré a ti en lugar de a él, como lo pactamos, y así la Magia Profunda se apaciguará. Pero cuando tú hayas muerto, ¿qué me impedirá matarlo también a él? ¿Quién podrá arrebatarlo de mis manos entonces? Tú me has entregado Narnia para siempre. Has perdido tu propia vida y no has salvado la de él. Ahora que ya sabes esto, ¡desespérate y muere!

Las dos niñas no vieron el momento preciso de la muerte. No podían soportar esa visión y cubrieron sus ojos.

CAPÍTULO 15

MAGIA PROFUNDA ANTERIOR AL AMANECER DEL TIEMPO

LAS NIÑAS AÚN PERMANECÍAN escondidas entre los arbustos, con las manos en la cara, cuando escucharon la voz de la Bruja que llamaba:

—¡Ahora! ¡Síganme! Emprenderemos las últimas batallas de esta guerra. No nos costará mucho aplastar a esos insectos humanos y al traidor, ahora que el gran Idiota, el gran Gato, yace muerto.

En ese momento, y por unos pocos segundos, las niñas estuvieron en gran peligro. Toda esa vil multitud, con gritos salvajes y un ruido enloquecedor de trompetas y cuernos que sonaban chillones y penetrantes, marchó desde la cima de la colina y bajó la ladera justo por el lado de su escondite.

Las niñas sintieron a los Espectros que, como viento helado, pasaban muy cerca de ellas; también sintieron que la tierra temblaba bajo el galope de

los Minotauros. Sobre sus cabezas se agitaron, como en una ráfaga de alas asquerosas, buitres muy negros y murciélagos gigantes. En cualquier otra ocasión ellas habrían muerto de miedo, pero ahora la tristeza, la vergüenza y el horror de la muerte de Aslan invadían sus mentes de tal modo que difícilmente podían pensar en otra cosa.

Apenas el bosque estuvo de nuevo en silencio, Susana y Lucía se deslizaron hacia la colina. La luna alumbraba cada vez menos y ligeras nubes pasaban sobre ellas, pero aún las niñas pudieron ver los contornos del gran León muerto con todas sus ataduras. Ambas se arrodillaron sobre el pasto húmedo, y besaron su cara helada y su linda piel —lo que quedaba de ella— y lloraron hasta que las lágrimas se les agotaron. Entonces se miraron, se tomaron de las manos en un gesto de profunda soledad y lloraron nuevamente. Otra vez se hizo presente el silencio. Al fin Lucía dijo:

—No soporto mirar ese horrible bozal. ¿Podremos quitárselo?

Trataron. Después de mucho esfuerzo (porque sus manos estaban heladas y era ya la hora más oscura de la noche) lo lograron. Cuando vieron su cara sin las amarras, estallaron otra vez en llanto. Lo besaron, le limpiaron la sangre y los espumarajos lo mejor que pudieron. Todo fue mucho más horrible, solitario y sin esperanza, de lo que yo pueda describir.

—¿Podremos desatarlo también? —dijo Susana.

Pero los enemigos, llevados sólo por su feroz maldad, habían amarrado las cuerdas tan apretadamente que las niñas no lograron deshacer los nudos.

Espero que ninguno que lea este libro haya sido tan desdichado como lo eran Lucía y Susana esa noche; pero si ustedes lo han sido —si han estado levantados toda una noche y llorado hasta agotar las lágrimas—, ustedes sabrán que al final sobreviene una cierta quietud. Uno siente como si nada fuera a suceder nunca más. De cualquier modo, ése era el sentimiento de las dos niñas. Parecía que pasaban las horas en esa calma mortal sin que se dieran cuenta de que estaban cada vez más heladas. Pero, finalmente, Lucía advirtió dos cosas. La primera fue que hacia el lado este de la colina estaba un poco menos oscuro que una hora antes. Y lo segundo fue un suave movimiento que había en el pasto a sus pies. Al comienzo no le prestó mayor atención. ¿Qué importaba? ¡Nada importaba ya! Pero pronto vio que eso, fuese lo que fuese, comenzaba a subir a la Mesa de Piedra. Y ahora —fuesen lo que fuesen— se movían cerca del cuerpo de Aslan. Se acercó y miró con atención. Eran unas pequeñas criaturitas grises.

—¡Uf! —gritó Susana desde el otro lado de la Mesa—. Son ratones asquerosos que se arrastran sobre él. ¡Qué horror!

Y levantó la mano para espantarlos.

—¡Espera! —dijo Lucía, que los miraba fijamente y de más cerca—. ¿Ves lo que están haciendo?

Ambas se inclinaron y miraron con atención.

—¡No lo puedo creer! —dijo Susana—. ¡Qué extraño! ¡Están royendo las cuerdas!

—Eso fue lo que pensé —dijo Lucía—. Creo que son ratones amigos. Pobres pequeñitos..., no se dan cuenta de que está muerto. Ellos piensan que hacen algo bueno al desatarlo.

Estaba mucho más claro ya. Las niñas advirtieron entonces cuán pálidos se veían sus rostros. También pudieron ver que los ratones roían y roían; eran docenas y docenas, quizás cientos de pequeños ratones silvestres. Al fin, uno por uno todos los cordeles estaban roídos de principio a fin.

Hacia el este, el cielo aclaraba y las estrellas se apagaban... todas, excepto una muy grande y muy baja en el horizonte, al oriente. En ese momento ellas sintieron más frío que en toda la noche. Los ratones se alejaron sin hacer ruido, y Susana y Lucía retiraron los restos de las cuerdas.

Sin las ataduras, Aslan parecía más él mismo. Cada minuto que pasaba, su rostro se veía más noble y, como la luz del día aumentaba, las niñas pudieron observarlo mejor.

Tras ellas, en el bosque, un pájaro gorjeó. El silencio había sido tan absoluto por horas y horas, que ese sonido las sorprendió. De inmediato otro pájaro contestó y muy pronto hubo cantos y trinos por todas partes.

Definitivamente era de madrugada; la noche había quedado atrás.

—Tengo tanto frío —dijo Lucía.

—Yo también —dijo Susana—. Caminemos un poco.

Caminaron hacia el lado este de la colina y miraron hacia abajo. La gran estrella casi había desaparecido. Todo el campo se veía gris oscuro, pero más allá, en el mismo fin del mundo, el mar se mostraba pálido. El cielo comenzó a teñirse de rojo. Para evitar el frío, las niñas caminaron de un lado para otro, entre el lugar donde yacía Aslan y el lado oriental de la cumbre de la colina, más veces de lo que pudieron contar. Pero ¡oh, qué cansadas sentían las piernas!

Se detuvieron por unos instantes y miraron hacia el mar y hacia Cair Paravel (que recién ahora podían descubrir). Poco a poco el rojo del cielo se transformó en dorado a todo lo largo de la línea en la que el cielo y el mar se encuentran, y muy lentamente asomó el borde del sol. En ese momento las niñas escucharon tras ellas un ruido estrepitoso..., un gran estallido..., un sonido ensordecedor, como si un gigante hubiera roto un vidrio gigante.

—¿Qué fue eso? —preguntó Lucía, apretando el brazo de su hermana.

—Me da miedo darme la vuelta —dijo Susana—. Algo horrible sucede.

—¡Están haciéndole algo todavía peor a *él*! —dijo Lucía—. ¡Vamos!

Se dio la vuelta y arrastró a Susana con ella.

Todo se veía tan diferente con la salida del sol —los colores y las sombras habían cambiado—, que por un momento no vieron lo que era importante. Pero pronto, sí: la Mesa de Piedra estaba partida en dos; una gran hendidura la cruzaba de un extremo a otro. Y allí no estaba Aslan.

—¡Oh, oh! —gritaron las dos niñas, corriendo velozmente hacia la Mesa.

—¡Esto es demasiado malo! —sollozó Lucía—. No debieron haberse llevado el cuerpo...

—Pero ¿quién hizo esto? —lloró Susana—. ¿Qué significa? ¿Será magia otra vez?

—Sí —dijo una voz fuerte a sus espaldas—. Es más magia.

Se dieron la vuelta. Ahí, brillando al sol, más grande que nunca y agitando su melena (que aparentemente había vuelto a crecer), estaba Aslan en persona.

—¡Oh Aslan! —gritaron las dos niñas, mirándolo con ojos dilatados de asombro y casi tan asustadas como contentas.

—Entonces no está muerto, querido Aslan —dijo Lucía.

—Ahora no.

—No es... no es un... —preguntó Susana con voz vacilante, sin atreverse a pronunciar la palabra *fantasma*.

Aslan inclinó la cabeza y con su lengua acarició la frente de la niña. El calor de su aliento y un agradable olor que parecía desprenderse de su pelo, la invadieron.

—¿Lo parezco? —preguntó.

—¡Es real! ¡Es real! ¡Oh Aslan! —gritó Lucía, y ambas niñas se abalanzaron sobre él y lo besaron.

—Pero ¿qué quiere decir todo esto? —preguntó Susana cuando se calmaron un poco.

—Quiere decir —dijo Aslan— que, a pesar de que la Bruja conocía la Magia Profunda, hay una magia más profunda aún que ella no conoce. Su saber se remonta sólo hasta el amanecer del tiempo. Pero si a ella le hubiera sido posible mirar más hacia atrás, en la oscuridad y la quietud, antes de que el tiempo amaneciera, hubiese podido leer allí un encantamiento diferente. Y habría sabido que cuando una víctima voluntaria, que no ha cometido traición, es ejecutada en lugar de un traidor, la Mesa se quiebra y la muerte misma comienza a trabajar hacia atrás. Y ahora...

—¡Oh, sí!, ¿ahora? —exclamó Lucía, saltando y aplaudiendo.

—Niñas —dijo el León—, siento que la fuerza vuelve a mí. ¡Niñas, alcáncenme si pueden!

Permaneció inmóvil por unos instantes, sus ojos iluminados y sus extremidades palpitantes, y se azotó a sí mismo con su cola. Luego saltó muy alto sobre las cabezas de las niñas y aterrizó al otro lado de la Mesa. Riendo, aunque sin saber por qué, Lucía corrió para alcanzarlo. Aslan saltó otra vez y comenzó una loca cacería que las hizo correr, siempre tras él, alrededor de la colina una y mil veces. Tan pronto no les daba esperanzas de alcanzarlo como permitía que ellas casi agarraran su cola; pasaba veloz entre las niñas, las sacudía en el aire con sus fuertes, bellas y aterciopeladas garras o se detenía inesperadamente de manera que los tres rodaban felices y reían en una confusión de piel, brazos y piernas. Era una clase de juego y de saltos que nadie ha practicado jamás fuera de Narnia. Lucía no podía determinar a qué se parecía más todo esto: si a jugar con una tempestad de truenos o con un gatito. Lo más extraño fue que cuando terminaron jadeantes al sol, las niñas no sintieron ni el más mínimo cansancio, sed o hambre.

—Ahora —dijo luego Aslan—, a trabajar. Siento que voy a rugir. Sería mejor que se pongan los dedos en la oídos.

Así lo hicieron. Aslan se puso de pie y cuando abrió la boca para rugir, su cara adquirió una expresión tan terrible que ellas no se atrevieron a mirarlo. Vieron, en cambio, que todos los árboles frente a él se inclinaban ante el ventarrón de su rugido, como el pasto de una pradera se dobla al paso del viento.

Luego dijo:

—Tenemos una larga caminata por delante. Ustedes irán montadas en mi lomo.

Se agachó y las niñas se instalaron sobre su cálida y dorada piel. Susana iba adelante, agarrada firmemente de la melena del León. Lucía se acomodó atrás y se aferró a Susana. Con esfuerzo, Aslan se levantó con toda su carga y salió disparado colina abajo y, más rápido de lo que ningún caballo hubiera podido, se introdujo en la profundidad del bosque.

Para Lucía y Susana esa cabalgata fue, probablemente, lo más bello que les ocurrió en Narnia. Ustedes, ¿han galopado a caballo alguna vez? Piensen en ello; luego quítenle el pesado ruido de los cascos y el retintín de los arneses e imaginen, en cambio, el galope blando, casi sin ruido, de las grandes patas de un león. Después, en lugar del duro lomo gris o negro del caballo, trasládense a la suave aspereza de la piel dorada y vean la melena que vuela al viento. Luego imaginen que ustedes van dos veces más rápido que el más veloz de los caballos de carrera. Y, además, éste es un animal que no necesita ser guiado y que jamás se cansa. Él corre y corre, nunca tropieza, nunca vacila; continúa siempre su camino y, con habilidad perfecta, sortea los troncos de los árboles, salta los arbustos, las zarzas y los pequeños arroyos, vadea los esteros y nada para cruzar los grandes ríos. Y ustedes no cabalgan en un camino, ni en un parque, ni siquiera por las colinas, sino a través de Narnia, en primavera, bajo imponentes avenidas de hayas, y cruzan asoleados claros en medio de bosques de encinas, cubiertos de principio a fin de orquídeas silvestres y guindos de flores blancas como la nieve. Y galopan junto a ruidosas cascadas de agua, rocas cubiertas de musgos y cavernas en las que resuena el eco; suben laderas con fuertes vientos, cruzan las cumbres de montañas cubiertas de brezos, corren vertiginosamente a través de ásperas lomas y bajan, y bajan, y bajan otra vez hasta llegar al valle silvestre para recorrer enormes superficies de flores azules.

Era cerca del mediodía cuando llegaron hasta un precipicio, frente a un castillo –un castillo que parecía de juguete desde el lugar en que se encontraban– con una infinidad de torres puntiagudas. El León siguió su carrera hacia abajo, a una velocidad increíble, que aumentaba cada minuto. Antes de que las niñas alcanzaran a preguntarse qué era, estaban ya al nivel del castillo. Ahora no les pareció de juguete sino, más bien, una fortaleza amenazante que se elevaba frente a ellas.

No se veía rostro alguno sobre los muros almenados y las rejas estaban firmemente cerradas. Aslan, sin disminuir en absoluto su paso, corrió directo como una bala hacia el castillo.

—¡La casa de la Bruja! —gritó—. Ahora, ¡afírmense fuerte, niñas!

En los momentos que siguieron, el mundo entero pareció girar al revés y las niñas experimentaron una sensación que era como si sus espíritus hubieran quedado atrás, porque el León, replegándose sobre sí mismo por un instante para tomar impulso, dio el brinco más grande de su vida y saltó —ustedes pueden decir que voló, en lugar de saltó— sobre la muralla que rodeaba el castillo. Las dos niñas, sin respiración pero sanas y salvas en el lomo del León, cayeron en el centro de un enorme patio lleno de estatuas.

CAPÍTULO 16

LO QUE SUCEDIÓ CON LAS ESTATUAS

—¡QUÉ LUGAR TAN EXTRAORDINARIO! —gritó Lucía—. Todos estos animales de piedra... y gente también. Es... es como un museo.

—¡Cállate! —le dijo Susana—. Aslan está haciendo algo.

En efecto, él había saltado hacia el león de piedra y sopló sobre él. Sin esperar un instante, giró violentamente —casi como si fuera un gato que caza su cola— y sopló también sobre el enano de piedra, el cual (como ustedes recuerdan) se encontraba a pocos pies del león, de espaldas a él. Luego se volvió con igual rapidez a la derecha para enfrentarse con un conejo de piedra y corrió de inmediato hacia dos centauros. En ese momento, Lucía dijo:

—¡Oh, Susana! ¡Mira! ¡Mira al león!

Supongo que ustedes habrán visto a alguien acercar un fósforo encendido a un extremo de un periódico, y luego colocarlo sobre el enrejado de una chimenea apagada. Por un segundo parece que no ha sucedido nada, pero de pronto ustedes advierten una pequeña llama crepitante que recorre todo el borde del periódico. Lo que sucedió ahora fue algo similar: un segundo después de que Aslan sopló sobre el león de piedra, éste se veía aún igual que antes. Pero luego un pequeño rayo de oro comenzó a bajar por su blanco y marmóreo lomo..., el rayo se esparció..., el color dorado recorrió completamente su cuerpo, como la llama lame todo un pedazo de papel... y, mientras sus patas traseras eran todavía de piedra, el león agitó la melena y toda la pesada y pétrea envoltura se transformó en ondas de pelo vivo. Entonces, en un prodigioso bostezo, abrió una gran boca roja y vigorosa... y luego sus patas traseras también volvieron a vivir. Levantó una de ellas y se rascó. En ese momento divisó a Aslan y se abalanzó sobre él, saltando de alegría y, con un sollozo de felicidad, le dio lengüetazos en la cara.

Las niñas lo siguieron con la vista, pero el espectáculo que se presentó ante sus ojos fue tan portentoso que olvidaron al león. Las estatuas cobraban vida por doquier. El patio ya no parecía un museo, sino más bien un zoo. Las criaturas más increíbles corrían detrás de Aslan y bailaban a su alrededor, hasta que él casi desapareció en medio de la multitud. En lugar de un blanco de muerte, el patio era ahora una llamarada de colores: el lustroso color castaño de los centauros; el azul índigo de los unicornios; los deslumbrantes plumajes de las aves; el café rojizo de zorros, perros y sátiros; el amarillo de los calcetines y el carmesí de las capuchas de los enanos. Y las niñas-abedul recobraron el color de la plata, las niñas-haya un fresco y transparente verde, las niñas-alerce un verde tan brillante que era casi un amarillo...

Y en vez del antiguo silencio de muerte, el lugar entero retumbaba con el sonido de felices rugidos, rebuznos, gañidos, ladridos, chillidos, arrullos, relinchos, pataleos, aclamaciones, hurras, canciones y risas.

—¡Oh! —exclamó Susana en un tono diferente—. ¡Mira! Me pregunto..., quiero decir, ¿no será peligroso?

Lucía miró y vio que Aslan acababa de soplar en el pie del gigante de piedra.

—No teman, todo está bien —dijo Aslan alegremente—. Una vez que las piernas le funcionen, todo el resto seguirá.

—No era eso exactamente lo que yo quería decir —susurró Susana al oído de Lucía. Pero ya era muy tarde para hacer algo; ni siquiera si Aslan la hubiera escuchado. El rayo ya trepaba por las piernas del Gigante. Ahora movía sus pies. Un momento más tarde, levantó la porra que apoyaba en uno de sus hombros y se restregó los ojos.

—¡Bendito de mí! Debo de haber estado durmiendo. Y ahora, ¿dónde se encuentra esa pequeña Bruja horrible que corría por el suelo? Estaba en alguna parte..., justo a mis pies.

Cuando todos le gritaron para explicarle lo que realmente había sucedido, el Gigante puso la mano en el oído y les hizo repetir todo de nuevo hasta que al fin entendió; entonces se agachó y su cabeza quedó a la altura de un almiar. Llevó la mano a su gorro repetidamente ante Aslan, con una sonrisa radiante que llenaba toda su fea y honesta cara (los gigantes de cualquier tipo son ahora tan escasos en Inglaterra y más aún aquellos de buen carácter, que les apuesto diez a uno a que ustedes jamás han visto un gigante con una sonrisa radiante en su rostro. Es un espectáculo que bien vale la pena contemplar).

—¡Ahora! ¡Entremos en la casa! —dijo Aslan—. ¡Dense prisa, todos! ¡Arriba, abajo y en la cámara de la señora! No dejen ningún rincón sin escudriñar. Nunca se sabe dónde pueden haber ocultado a un pobre prisionero.

Todos corrieron al interior de la casa. Y por varios minutos, en ese negro, horrible y húmedo castillo que olía a cerrado, resonó el ruido del abrir de las puertas y ventanas y de miles de voces que gritaban al mismo tiempo:

—¡No olviden los calabozos!

—¡Ayúdenme con esta puerta!

—¡Encontré otra escalera de caracol!

—¡Oh, aquí hay un pobre canguro pequeñito!

—¡Puf! ¡Cómo huele aquí!

—¡Cuidado al abrir las puertas! ¡Pueden caer en una trampa!

—¡Aquí! ¡Suban! ¡En el descanso de la escalera hay varios más!

Pero lo mejor de todo sucedió cuando Lucía corrió escaleras arriba gritando:

—¡Aslan! ¡Aslan! ¡Encontré al señor Tumnus! ¡Oh, venga rápido!

Momentos más tarde el pequeño Fauno y Lucía, tomados de la mano, bailaban y bailaban de felicidad. El Fauno no parecía mayormente afectado por haber sido una estatua; en cambio, estaba muy interesado en todo lo que la niña tenía que contarle.

Pero al fin terminó el registro de la fortaleza de la Bruja. El castillo quedó completamente vacío, con las puertas y ventanas abiertas, y todos aquellos rincones oscuros y siniestros fueron invadidos por esa luz y ese aire de la primavera que requerían con tanta urgencia. De vuelta en el patio, la multitud de estatuas liberadas se agitó. Fue entonces cuando alguien (creo que Tumnus) preguntó primero:

—Pero ¿cómo vamos a salir de aquí?

Porque Aslan había entrado de un salto y las puertas estaban todavía cerradas.

—Todo irá bien —dijo Aslan; se levantó sobre sus patas traseras y gritó al Gigante—: ¡Oye, tú! ¡Allá arriba! ¿Cómo te llamas?

—Gigante Rumblebuffin, su señoría —dijo el Gigante, llevando la mano a la gorra una vez más.

—Bien, Gigante Rumblebuffin —dijo Aslan—. ¿Podrás sacarnos de este lugar?

—Por supuesto, su señoría, será un placer —contestó el Gigante—. ¡Apártense de las puertas todos ustedes, pequeños!

Se aproximó de una zancada hasta las rejas y les dio un golpe..., otro golpe..., y otro golpe con su enorme porra. Al primer golpazo, las puertas rechinaron; al segundo, se rompieron estrepitosamente; y al tercero, se hicieron astillas. Entonces el Gigante embistió contra las torres, a cada lado de las puertas, y, después de unos minutos de violentos estrellones y sordos golpes, ambas torres y un buen pedazo de muralla cayeron estruendosamente convertidas en una masa de desechos y de piedras inservible; y cuando la polvareda se dispersó y el aire se aclaró, para todos fue muy raro encontrarse allí, en medio de ese seco y horrible patio de piedra y ver, a través del boquete, el pasto, los árboles ondulantes, los espumosos arroyos del bosque, las montañas azules más atrás y, más allá de todo, el cielo.

—Estoy completamente bañado en sudor —dijo entonces el Gigante—. Creo que no estaba en muy buenas condiciones físicas. ¿Alguna de las damas tendrá algo así como un pañuelo?

—Yo tengo uno —dijo Lucía, empinándose en la punta de sus pies y alzando el pañuelo tan alto como pudo.

—Gracias, señorita —dijo el Gigante Rumblebuffin, agachándose. Y siguió un momento más bien inquietante para Lucía, pues se vio suspendida en el aire, entre el pulgar y los demás dedos del Gigante. Pero cuando ella se encontró cerca de su enorme cara, éste se detuvo repentinamente y, con toda suavidad, volvió a dejarla en el suelo.

—¡Bendito! ¡He levantado a la niña! Perdóneme señorita, creí que *era* el pañuelo.

—¡No, no! —dijo Lucía, riendo—. ¡Aquí está el pañuelo!

Esta vez el Gigante se las arregló para tomarlo sin equivocarse; pero, para él, un pañuelo era del mismo tamaño que una pastilla de sacarina para ustedes. Por eso, cuando Lucía vio que, con toda solemnidad, él frotaba su gran cara roja una y otra vez, le dijo:

—Temo que ese pañuelo no le servirá de nada, señor Rumblebuffin.

—De ninguna manera. De ninguna manera —dijo el Gigante cortésmente—. Es el mejor pañuelo que jamás he tenido. Tan fino, tan útil... No sé cómo describirlo.

—¡Qué gigante tan encantador! —dijo Lucía al señor Tumnus.

—¡Ah, sí! —dijo el Fauno—. Todos los Buffins lo han sido siempre. Es una de las familias más respetadas de Narnia. No muy inteligentes quizás (yo nunca he conocido a un gigante que lo sea), pero una antigua familia, con tradiciones..., tú sabes. Si hubiera sido de otra manera, ella nunca lo habría transformado en estatua.

En ese momento, Aslan golpeó las garras y pidió silencio.

—El trabajo de este día no ha terminado aún —dijo—, y si la Bruja ha de ser derrotada antes de la hora de dormir, tenemos que dar la batalla de inmediato.

—Y espero que nos uniremos, señor —agregó el más grande de los centauros.

—Por supuesto —dijo Aslan—. ¡Y ahora, atención! Aquellos que no pueden resistir mucho —es decir, niños, enanos y animales pequeños— tienen que cabalgar a lomo de los que sí pueden —o sea, los leones, centauros, unicornios, caballos, gigantes y águilas—. Los que poseen buen olfato, deben ir adelante con nosotros los leones, para descubrir el lugar de la batalla. ¡Ánimo y mucha suerte!

Con gran alboroto y vítores, todos se organizaron. El más encantado en medio de esa muchedumbre era el otro león, que corría de un lado para otro aparentando estar muy ocupado, aunque en realidad lo único que hacía era decir a todo el que encontraba a su paso:

—¿Oyeron lo que dijo? *Nosotros, los leones*. Eso quiere decir *"él y yo"*. *Nosotros, los leones*. Eso es lo que me gusta de Aslan. Nada de personalismos, nada de reservas. *Nosotros, los leones;* él y yo.

Y siguió diciendo lo mismo mientras Aslan cargaba en su lomo a tres enanos, una dríade, dos conejos y un puerco espín. Esto lo calmó un poco.

Cuando todo estuvo preparado (fue un gran perro ovejero el que más ayudó a Aslan a hacerlos salir en el orden apropiado), abandonaron el castillo saliendo a través del boquete de la muralla. Delante iban los leones y los perros, que olfateaban en todas direcciones. De pronto, un gran perro descubrió un rastro y lanzó un ladrido. En un segundo, los perros, los leones, los lobos y otros animales de caza corrieron a toda velocidad con sus narices pegadas a la tierra. El resto, una media milla más atrás, los seguía tan rápido como podía. El ruido se asemejaba al de una cacería de zorros en Inglaterra, sólo que mejor, porque de vez en cuando el sonido de los ladridos se mezclaba con el gruñido del otro león y algunas veces con el del propio Aslan, mucho más profundo y terrible.

A medida que el rastro se hacía más y más fácil de seguir, avanzaron más y más rápido. Cuando llegaron a la última curva en un angosto y serpenteante valle, Lucía escuchó, sobre todos esos sonidos, otro sonido... diferente, que le produjo una extraña sensación. Era un ruido como de gritos y chillidos y de choque de metal contra metal.

Salieron del estrecho valle y Lucía vio de inmediato la causa de los ruidos. Allí estaban Pedro, Edmundo y todo el resto del ejército de Aslan peleando desesperadamente contra la multitud de criaturas horribles que ella había visto la noche anterior. Sólo que ahora, a la luz del día, se veían más extrañas, más malvadas y más deformes. También parecían ser muchísimo más numerosas que ellos. El ejército de Aslan —que daba la espalda a Lucía— era dramáticamente pequeño. En todas partes, salpicadas sobre el campo de batalla, había estatuas, lo que hacía pen-

sar en que la Bruja había usado su vara. Pero no parecía utilizarla en ese momento. Ella luchaba con su cuchillo de piedra. Luchaba con Pedro... Ambos atacaban con tal violencia que difícilmente Lucía podía vislumbrar lo que pasaba. Sólo veía que el cuchillo de piedra y la espada de Pedro se movían tan rápido que parecían tres cuchillos y tres espadas. Los dos contrincantes estaban en el centro. A ambos lados se extendían las líneas defensivas y dondequiera que la niña mirara sucedían cosas horribles.

—¡Desmonten de mi espalda, niñas! —gritó Aslan.

Las dos saltaron al suelo. Entonces, con un rugido que estremeció todo Narnia, desde el farol de occidente hasta las playas del mar de oriente, el enorme animal se arrojó sobre la Bruja Blanca. Por un segundo Lucía vio que ella levantaba su rostro hacia él con una expresión de terror y de asombro. El León y la Bruja cayeron juntos, pero la Bruja quedó bajo él. Y en ese mismo instante todas las criaturas guerreras que Aslan había guiado desde el castillo se abalanzaron furiosamente contra las líneas enemigas: enanos con sus hachas de batalla, perros con feroces dientes, el Gigante con su porra (sus pies también aplastaron a docenas de enemigos), unicornios con su cuerno, centauros con sus espadas y pezuñas...

El cansado batallón de Pedro vitoreaba y los

recién llegados rugían. El enemigo, hecho un guirigay, lanzó alaridos hasta que el bosque respondió el eco con el ruido ensordecedor de esa embestida.

CAPÍTULO 17

LA CAZA DEL CIERVO BLANCO

LA BATALLA TERMINÓ POCOS MINUTOS después de que ellos llegaron. La mayor parte de los enemigos había muerto en el primer ataque de Aslan y sus compañeros; y cuando los que aún vivían vieron que la Bruja estaba muerta, se entregaron o huyeron. Lucía vio entonces que Pedro y Aslan se estrechaban las manos. Era extraño para ella mirar a Pedro como lo veía ahora..., su rostro estaba tan pálido y era tan severo que parecía mucho mayor.

—Edmundo lo hizo todo, Aslan —decía Pedro en ese momento—. Nos habrían arrasado si no hubiera sido por él. La Bruja estaba convirtiendo nuestras tropas en piedra a derecha y a izquierda. Pero nada pudo detener a Edmundo. Se abrió camino a través de tres ogros hacia el lugar en que ella, en ese preciso momento, convertía a uno de los leopardos en estatua. Cuando la alcanzó, tuvo el buen sentido de apuntar con su espada hacia la vara y la hizo pedazos, en lugar de tratar de atacarla a ella y simplemente quedar convertido él mismo en estatua. Ésa fue la equivocación que cometieron todos los demás. Una vez que su vara fue destruida, comenzamos a tener algunas oportunidades..., si no hubiéramos perdido a tantos ya. Edmundo está terriblemente herido. Debemos ir a verlo.

Un poco más atrás de la línea de combate encontraron a Edmundo: lo cuidaba la señora Castora. Estaba cubierto de sangre; tenía la boca abierta y su rostro era de un feo color verdoso.

—¡Rápido, Lucía! —llamó Aslan.

Entonces, casi por primera vez, Lucía recordó el precioso tónico que le habían obsequiado como regalo de Navidad. Sus manos tiritaban tanto que difícilmente pudo destapar el frasco. Pero se dominó al fin y dejó caer unas pocas gotas en la boca de su hermano.

—Hay otros heridos —dijo Aslan, mientras ella aún miraba ansiosamente el pálido rostro de Edmundo para comprobar si el remedio hacía algún efecto.

—Sí, ya lo sé —dijo Lucía con tono molesto—. Espere un minuto.

—Hija de Eva —dijo Aslan severamente—, otros también están a punto de morir. ¿Es necesario que muera *más* gente por Edmundo?

—Perdóneme, Aslan —dijo Lucía, y se levantó para salir con él.

Durante la media hora siguiente estuvieron muy ocupados..., la niña atendía a los heridos, mientras él revivía a aquellos que estaban convertidos en piedra. Cuando por fin ella pudo regresar junto a Edmundo, lo encontró de pie, no sólo curado de sus heridas: se veía mejor de lo que ella lo había visto en años; en efecto, desde el primer semestre en aquel horrible colegio, había empezado a andar mal. Ahora era de nuevo lo que siempre había sido y podía mirar de frente otra vez. Y allí, en el campo de batalla, Aslan lo investió caballero.

—¿Sabrá Edmundo —susurró Lucía a Susana— lo que Aslan hizo por él? ¿Sabrá realmente en qué consistió el acuerdo con la Bruja?

—¡Cállate! No. Por supuesto que no —dijo Susana.

—¿No debería saberlo? —preguntó Lucía.

—¡Oh, no! Seguro que no —dijo Susana—. Sería espantoso para él. Piensa en cómo te sentirías tú si fueras él.

—De todas maneras creo que debe saberlo —volvió a decir Lucía; pero, en ese momento, las niñas fueron interrumpidas.

Esa noche durmieron donde estaban. Cómo Aslan proporcionó comida para ellos, es algo que yo no sé; pero de una manera u otra, cerca de las ocho, todos se encontraron sentados en el pasto ante un gran té. Al día siguiente comenzaron la marcha hacia oriente, bajando por el lado del gran río. Y al otro día, cerca de la hora del té, llegaron a la desembocadura. El castillo de Cair Paravel, en su pequeña loma, sobresalía. Delante de ellos había arenales, rocas, pequeños charcos de agua salada, algas marinas, el olor del mar y largas millas de olas verde-azuladas, que rompían en la playa desde siempre. Y, ¡oh el grito de las gaviotas! ¿Lo han oído ustedes alguna vez? ¿Pueden recordarlo?

Esa tarde, después del té, los cuatro niños bajaron de nuevo a la playa y se sacaron los zapatos y los calcetines para sentir la arena entre sus dedos. Pero el día siguiente fue más solemne. Entonces, en el Gran Salón de Cair Paravel —aquel maravilloso salón con techo de marfil, con la puerta del oeste adornada con plumas de pavo real y la puerta del este que se abre directo al mar—, en presencia de todos sus amigos y al sonido de las trompetas, Aslan coronó solemnemente a los cuatro niños y los instaló en los cuatro tronos, en medio de gritos ensordecedores:

—¡Que viva por muchos años el rey Pedro! ¡Que viva por muchos años la reina Susana! ¡Que viva por muchos años el rey Edmundo! ¡Que viva por muchos años la reina Lucía!

—Una vez rey o reina en Narnia, eres rey o reina para siempre. ¡Séanlo con honor, Hijos de Adán! ¡Séanlo con honor, Hijas de Eva! —dijo Aslan.

A través de la puerta del este, que estaba abierta de par en par, llegaron las voces de los tritones y de las sirenas que nadaban cerca del castillo y cantaban en honor de sus nuevos Reyes y Reinas.

Los niños sentados en sus tronos, con los cetros en sus manos, otorgaron premios y honores a todos sus amigos: a Tumnus el Fauno, a los Castores, al Gigante Rumblebuffin, a los leopardos, a los buenos centauros, a los buenos enanos y al león. Esa noche hubo un gran festín en Cair Paravel, regocijo, baile, luces de oro, exquisitos vinos... Y como en respuesta a la música que sonaba dentro del castillo, pero más extraña, más dulce y más penetrante, llegaba hasta ellos la música de la gente del mar.

Mas en medio de todo este regocijo, Aslan se escabulló calladamente. Cuando los reyes y reinas se dieron cuenta de que él no estaba allí, no dijeron ni una palabra, porque el Castor les había advertido. "Él estará yendo y viniendo", les había dicho. "Un día ustedes lo verán, y otro, no. No le gusta estar atado... y, por supuesto, tiene que atender otros países. Esto es rigurosamente cierto. Aparecerá a menudo. Sólo que ustedes no deben presionarlo. Es salvaje: ustedes lo saben. No es como un león domesticado y dócil."

Y ahora, como ustedes verán, esta historia está cerca (pero no enteramente) del final. Los dos reyes y las dos reinas de Narnia gobernaron bien y su reinado fue largo y feliz. En un comienzo, ocuparon la mayor parte del tiempo en buscar y destruir los últimos vestigios del ejército de la Bruja Blanca. Y, ciertamente, por un largo período hubo noticias de perversos sucesos furtivos en los lugares salvajes del bosque...: un fantasma aquí y una matanza allá; un hombre lobo al acecho un mes y el rumor de la aparición de una bruja, el siguiente. Pero al final toda esa pérfida raza se extinguió. Entonces ellos dictaron buenas leyes, conservaron la paz, salvaron a los árboles buenos de ser cortados innecesariamente, liberaron a los enanos y a los sátiros jóvenes de ser enviados a la escuela y, por lo general, detuvieron a los entrometidos y a los aficionados a interferir en todo, y animaron a la gente común que quería vivir y dejar vivir a los demás. En el norte de Narnia atajaron a los fieros gigantes (de muy diferente clase que el Gigante Rumblebuffin), cuando se aventuraron a través de la frontera. Establecieron amistad y alianza con países más allá del mar, les hicieron visitas de estado y, a la vez, recibieron sus visitas.

Y ellos mismos crecieron y cambiaron con el paso de los años. Pedro llegó a ser un hombre alto y robusto y un gran guerrero, y era llamado rey Pedro el Magnífico. Susana se convirtió en una esbelta y agraciada mujer, con un cabello color azabache que caía casi hasta sus pies; los reyes de los países más allá del mar comenzaron a enviar embajadores para pedir su mano en matrimonio. Era conocida como reina Susana la Dulce. Edmundo, un - hombre más tranquilo y más solemne que su hermano Pedro, era famoso por sus excelentes consejos y juicios. Su nombre fue rey Edmundo el Justo. En cuanto a Lucía, fue siempre una joven alegre y de pelo dorado. Todos los príncipes de la vecindad querían que ella fuera su reina, y su propia gente la llamaba reina Lucía la Valiente.

Así, ellos vivían en medio de una gran alegría, y siempre que recordaban su vida en este mundo era sólo como cuando uno recuerda un sueño.

Un año sucedió que Tumnus (que ya era un fauno de mediana edad y comenzaba a engordar) vino río abajo y les trajo noticias sobre el Ciervo Blanco, que una vez más había aparecido en los alrededores... El Ciervo Blanco que te concedía tus deseos si lo cazabas. Por eso los dos reyes y las dos reinas, junto a los principales miembros de sus cortes, organizaron una cacería con cuernos y jaurías en los Bosques del Oeste para seguir al Ciervo Blanco. No hacía mucho que había comenzado la cacería cuando lo divisaron. Y él los hizo correr a gran velocidad por terrenos ásperos y suaves, a través de valles anchos y angostos, hasta que los caballos de todos los cortesanos quedaron agotados y sólo ellos cuatro pudieron continuar la persecución. Vieron al ciervo entrar en una espesura en la cual sus caballos no podían seguirlo. Entonces el rey Pedro dijo (porque ellos ahora, después de haber sido durante tanto tiempo reyes y reinas, hablaban de una forma completamente diferente).

—Honorables hermanos, descendamos de nuestros caballos y sigamos a esta bestia en la espesura, porque en toda mi vida he cazado una presa más noble.

—Señor —dijeron los otros—, aun así permítenos hacerlo.

Desmontaron, ataron sus caballos en los árboles y se internaron a pie en el espeso bosque. Y tan pronto como entraron allí, la reina Susana dijo:

—Honorables hermanos, aquí hay una gran maravilla. Me parece ver un árbol de hierro.

—Señora —dijo el rey Edmundo—, si usted lo mira con cuidado, verá que es un pilar de hierro con una linterna en lo más alto.

—¡Válgame Dios, qué extraño capricho! —dijo el rey Pedro—. Instalar una linterna aquí en esta espesura donde los árboles están tan juntos y son de tal altura, que si estuviera encendida no daría luz a hombre alguno.

—Señor —dijo la reina Lucía—. Probablemente, cuando este pilar y esta linterna fueron instalados aquí había árboles pequeños, o pocos, o ninguno. Porque el bosque es joven y el pilar de hierro es viejo.

Por algunos momentos permanecieron mirando todo esto. Luego, el rey Edmundo dijo:

—No sé lo que es, pero esta lámpara y este pilar me han causado un efecto muy extraño. La idea de que yo los he visto antes corre por mi mente, como si fuera en un sueño, o en el sueño de un sueño.

—Señor —contestaron todos—, lo mismo nos ha sucedido a nosotros.

—Aun más —dijo la reina Lucía—, no se aparta de mi mente el pensamiento de que si nosotros pasamos más allá de esta linterna y de este pilar, encontraremos extrañas aventuras o en nuestros destinos habrá un enorme cambio.

—Señora —dijo el rey Edmundo—, el mismo presentimiento se mueve en mi corazón.

—Y en el mío, hermano —dijo el rey Pedro.

—Y en el mío también —dijo la reina Susana—. Por eso mi consejo es que regresemos rápidamente a nuestros caballos y no continuemos en la persecución del Ciervo Blanco.

—Señora —dijo el rey Pedro—, en esto le ruego a usted que me excuse. Pero, desde que somos reyes de Narnia, hemos acometido muchos asuntos importantes, como batallas, búsquedas, hazañas armadas, actos de justicia y otros como éstos, y siempre hemos llegado hasta el fin. Todo lo que hemos emprendido lo hemos llevado a cabo.

—Hermana —dijo la reina Lucía—, mi real hermano habla correctamente. Me avergonzaría si por cualquier temor o presentimiento nosotros renunciáramos a seguir en una tan noble cacería como la que ahora realizamos.

—Yo estoy de acuerdo —dijo el rey Edmundo—. Y deseo tan intensamente averiguar cuál es el significado de esto, que por nada volvería atrás, ni por la joya más rica y preciada en toda Narnia y en todas las islas.

—Entonces en el nombre de Aslan —dijo la reina Susana—, si todos piensan así, sigamos adelante y enfrentemos el desafío de esta aventura que caerá sobre nosotros.

Así fue como estos reyes y reinas entraron en la espesura del bosque, y antes de que caminaran una veintena de pasos, recordaron que lo que ellos habían visto era el farol, y antes de que avanzaran otros veinte, advirtieron que ya no caminaban entre ramas de árboles sino entre abrigos. Y un segundo después, todos saltaron a través de la puerta del ropero al cuarto vacío, y ya no eran reyes y reinas con sus atavíos de caza, sino sólo Pedro, Susana, Edmundo y Lucía en sus antiguas ropas. Era el mismo día y la misma hora en que ellos entraron al ropero para esconderse. La seño-

ra Macready y los visitantes hablaban todavía en el pasillo; pero afortunadamente nunca entraron en el cuarto vacío y los niños no fueron sorprendidos.

Éste hubiera sido el verdadero final de la historia si no fuera porque ellos sintieron que tenían la obligación de explicar al Profesor por qué faltaban cuatro abrigos en el ropero. El Profesor, que era un hombre extraordinario, no exclamó "no sean tontos" o "no cuenten mentiras", sino que creyó la historia completa.

—No —les dijo—, no creo que sirva de nada tratar de volver a través de la puerta del ropero para traer los abrigos. Ustedes no entrarán nuevamente a Narnia por *ese* camino. Y si lo hicieran, los abrigos ahora ya no sirven de mucho. ¿Eh? ¿Qué dicen? Sí, por supuesto que volverán a Narnia algún día. Una vez rey de Narnia, eres rey para siempre. Pero no pueden usar la misma ruta otra vez. Realmente *no traten*, de ninguna manera, de llegar hasta allá. Eso sucederá cuando menos lo piensen. Y *no* hablen demasiado sobre esto, ni siquiera entre ustedes. No se lo mencionen a nadie más, a menos que descubran que se trata de alguien que ha tenido aventuras similares. ¿Qué dicen? ¿Que cómo lo sabrán? ¡Oh! Ustedes lo *sabrán* con certeza. Las extrañas cosas que ellos dicen —incluso sus apariencias— revelarán el secreto. Mantengan los ojos abiertos. ¡Dios mío!, ¿qué les enseñan en esos colegios?

Y éste es el verdadero final de las aventuras del ropero. Pero si el Profesor estaba en lo cierto, éste sólo sería el comienzo de las aventuras en Narnia.